G000135410

COLLECTION
FOLIO CLASSIQUE

Guy de Maupassant

Clair de lune

Édition présentée,
établie et annotée
par Marie-Claire Bancquart
Professeur émérite à la Sorbonne

Gallimard

PRÉFACE

Le recueil Clair de lune *tel que nous le présentons ici est celui qui parut en 1888 chez l'éditeur Ollendorf, c'est-à-dire l'édition définitive établie par Maupassant. Une première édition, parue en 1883, réunissait onze récits édités en journal en 1882 et 1883, et «Un coup d'État». Maupassant a complété en 1888 le recueil avec cinq récits nouveaux, parus en journal en 1887 et 1888. Dès la première édition de* Clair de lune, *le recueil avait été salué par un article très flatteur de Paul Ginisty, paru dans* Gil Blas *du 18 décembre 1883. Le critique admirait le récit* «Clair de lune», *«poème quasi mystique», et louait la diversité de tons du recueil, qui présente ensuite des «histoires âpres, violentes, passionnées». Certes, Ginisty était lié par des intérêts littéraires à Maupassant, qui allait préfacer l'une de ses œuvres; mais ses éloges n'ont pas été démentis par l'accueil du public, qui fut excellent:* Clair de lune, *dans l'édition Ollendorf, a été tiré plusieurs fois en quelques mois.*

On sait que l'écrivain publiait d'abord ses

récits dans des journaux quotidiens, puis les réunissait en volume. Ceux qui sont présentés dans le recueil Clair de lune *n'échappent pas à cette règle, sauf «Un coup d'État» dont on n'a pas trouvé de préoriginale. Ils ont paru tantôt dans* Gil Blas, *tantôt dans* Le Gaulois. *Processus d'édition tout à fait habituel. Le lecteur d'aujourd'hui n'imagine plus l'importance de la littérature dans la presse en France à la fin du XIXe siècle. Les principaux journaux parisiens publiaient en première page des chroniques et des récits d'écrivains vivants, sans compter un roman en feuilleton. Les œuvres des prosateurs de cette fin de siècle, celles de Maupassant comme celles de bien d'autres (citons Zola et Anatole France) parurent ainsi en journal avant d'être éditées en volume.*

C'est alors l'âge d'or du récit court, dont les journaux sont de grands consommateurs. Si certains écrivains se spécialisent dans les récits grivois, comme Armand Silvestre, d'autres dans des tableaux de mœurs étranges ou criminelles, comme Catulle Mendès ou Jean Lorrain, Maupassant, lui, nous donne à travers ses récits une sorte de journal de bord de son tempérament, et leur diversité est reflétée dans les recueils qu'il en forme. Jamais ils ne présentent au lecteur une seule thématique. Clair de lune *ne fait pas exception. Il paraît au premier abord assez difficile de distinguer une unité entre la goguenardise politique d'«Un coup d'État», l'exaltation pour la beauté de la nature qui est exprimée dans «Clair de lune», l'histoire douce-amère d'un employé qu'on lit dans « Les Bijoux », et les récits de l'étrange que sont « Mademoiselle Cocotte » ou « La Nuit ».*

Cette disparité apparente est augmentée par l'écart temporel qui sépare les cinq derniers récits des autres. Quatre ou cinq ans, c'est peu ; mais dans la courte et fulgurante carrière de Maupassant, cela suffit pour faire émerger des préoccupations nouvelles. Ainsi, Maupassant n'a vraiment été introduit dans les salons qu'à partir de 1884-1885 : « La Porte », « Nos lettres », appartiennent à un ordre de réflexions que l'on observe alors chez lui, tandis que se raréfient les contes d'inspiration normande et ceux qui portent sur les employés ; les romans « mondains » de l'écrivain, Fort comme la mort *et* Notre cœur, *datent de cette dernière époque. Les progrès de sa maladie et certains événements familiaux expliquent d'autre part que les récits de l'étrange, toujours présents dans son œuvre, prennent alors une tonalité plus éperdue : ainsi de « Moiron » et de « La Nuit ».*

En observant cette évolution, on s'avise facilement qu'il existe une sorte d'actualité intérieure à l'œuvre de Maupassant. C'est également vrai pour les premiers récits de ce recueil. Le prêtre de « Clair de lune », les vieilles filles dépeintes dans « La Reine Hortense » et « Une veuve », sont des personnages qui ont déjà retenu l'attention de l'écrivain au moment où il écrivait le roman Une vie, *paru en 1883 après une longue préparation. La Normandie du « Coup d'État » se rattache à celle de « Boule de suif ». Sujets datés eux aussi, donc, dans l'évolution de Maupassant. Mais il faut ajouter que l'actualité extérieure, changeante et quelquefois imprévisible, broche sur cette actualité intérieure. Publier en journal, en effet, c'est savoir attirer l'attention du lecteur par des allusions opportunes. Parfois tout simplement des allusions à des correspondances de dates, «Le Loup» paraissant un 14 novembre, peu après la célébration de la Saint-Hubert, le 25 décembre appelant tout naturellement un «Conte de Noël». D'autres fois, il s'agit d'actualités moins évidentes pour nous, qui correspondent à des événements contemporains. Le premier crayon de «Mademoiselle Cocotte», «Histoire d'un chien*[1]*», a paru à propos du projet de création de refuges par la Société protectrice des animaux. Le récit «Les Bijoux», paru dans* Gil Blas, *se rattache par son esprit à toute une série de récits et chroniques*[2] *de Maupassant parus en général dans* Le Gaulois, *pendant le bref passage de Jules Simon à la direction politique du journal, en 1882 : il y eut alors une véritable campagne en faveur des petits et moyens fonctionnaires, réduits à une quasi-pauvreté. Maupassant continua sur cette lancée jusqu'à son roman* Bel-Ami, *qui en 1885 réunit ses observations sur les employés. Il arrive que l'écrivain fasse allusion, au début de son récit, à*

1. *Le Gaulois*, 2 juin 1881, non repris en volume par Maupassant. Repris dans *Contes et nouvelles*, Bibliothèque de la Pléiade, Gallimard, t. I, p. 314-318.
2. Voir «Les employés», Maupassant, *Chroniques*, édition 10/18, Union générale d'édition, tome 1, p. 375-380.

l'événement dont il part : « Apparition » donne référence expresse à une séquestration qui faisait scandale, « Moiron » à l'affaire Pranzini.

Mais c'est précisément en réfléchissant à la manière dont Maupassant traite cette actualité extérieure que nous pouvons commencer à revenir sur la première impression de disparate. L'écrivain est trop personnel, trop lucide pour se contenter de se conformer à un genre, ou pour délayer un fait divers. Sauf s'il est pressé par le temps, ce qui lui arrive, écrivant pour satisfaire ses besoins d'argent deux ou trois récits par semaine ! On trouve alors des portraits en clichés de petites baronnes « fin de siècle[1] *», des drôleries faciles sur l'institution récente du divorce*[2]*. Mais Maupassant connaît ce danger de superficialité, qu'il a dénoncé dans le journalisme pratiqué par Bel-Ami. S'il y a des inégalités dans son œuvre, le plus souvent elle reste digne des leçons de la difficile école de Flaubert. C'est le cas pour les récits de notre recueil.*

Un récit de chasse pour la Saint-Hubert ? Mais il s'agit d'une chasse tout à fait exceptionnelle, à la suite de laquelle les hommes de la famille ont décidé de ne plus *chasser. Un conte de Noël ? Plutôt inquiétante, cette histoire d'une paysanne devenue hystérique, et subitement guérie pendant la messe ! « Mademoiselle*

1. Par exemple dans « La Confidence », *Monsieur Parent*, édition Folio classique, Gallimard, p. 99-105.
2. Par exemple dans « Divorce », *Le Rosier de Madame Husson*, édition Folio classique, p. 125-134.

Cocotte» et «Apparition», récits de l'étrange, se démarquent tout à fait de l'événement qui les a suscités. Le sadisme réfléchi de Moiron n'a que peu de rapports avec les mobiles de Pranzini. Quant à l'employé des «Bijoux», récit paru non dans Le Gaulois, *mais dans* Gil Blas, *qui admettait plus facilement les histoires un peu osées, ce cocu content excite notre ironie plus qu'il n'attire notre pitié...*

L'actualité sert à Maupassant plutôt d'appât que de véritable sujet. Il se l'approprie, il la fait entrer dans un théâtre intérieur. Tout comme d'ailleurs il s'approprie des textes d'autrui, qui lui deviennent prétextes: un récit de Jules Lecomte pour «Apparition», une nouvelle à la main pour «Les Bijoux».

En analysant les différentes catégories de récits que contient le recueil Clair de lune, *il convient donc de ne pas perdre de vue ce théâtre intérieur, dont les principales caractéristiques existent dès le début de la carrière littéraire publique de Maupassant, quand en 1880, âgé de trente ans, il édite* Des vers *et* Boule de suif. *Peinture satirique de la société, attitude envers la femme, exploration quasi clinique des états limites de notre psychisme (peur, hallucination), vision d'un monde qui bouleverse les cadres habituels de notre analyse et où l'irrationnel et le rationnel sont indiscernables, ces composantes de l'œuvre de l'écrivain se retrouvent ici, entrelacées souvent.*

Seule peut-être «La légende du Mont-Saint-Michel» fait exception. Mais c'est parce que

Maupassant a souvent besoin de faire des gammes, de se proposer une histoire, un décor frappants, dont il ne tire pas tout de suite parti, et qui ne révèlent leur charge que peu à peu. Ainsi «Mademoiselle Cocotte», récit de la folie, a-t-il eu pour point de départ «Histoire d'un chien», qui racontait seulement la noyade de la bête par un propriétaire qui en concevait des remords passagers. Nous lisons dans Clair de lune *l'état abouti de ce qui était deux ans auparavant simple épisode. Le Mont-Saint-Michel, en revanche, est dans* Clair de lune *un décor seulement surprenant, et sert de prétexte pour raconter une légende dont Rabelais et La Fontaine avaient déjà exploité les éléments. Plus tard, ce ne sera plus un décor: le Mont-Saint-Michel va exprimer toutes ses virtualités, en devenant un des lieux d'élection de l'inconnu qui nous entoure dans «Le Horla*[1]*» et, dans le roman* Notre cœur[2]*, le lieu où les personnages portés à l'extrême d'eux-mêmes commencent leur liaison amoureuse.*

Au commencement, pour Maupassant, est une extrême acuité des sens, qui lui fait vivre avec une particulière intensité les bonheurs des hommes, et les séductions de la nature. «Je suis une espèce d'instrument à sensations [...] J'aime la chair des femmes, du même amour

1. «Le Horla», dans *Le Horla*, édition Folio classique, p. 30-32.
2. *Notre cœur*, IIe partie, chapitre I, édition Folio classique, p. 125-131.

que j'aime l'herbe, les rivières, la mer», écrit-il à Gisèle d'Estoc en janvier 1881. Une joie d'exister, d'avoir ces «courtes et bizarres et violentes révélations de la beauté» dont il parle en 1889 dans une lettre à Jean Bourdeau, s'exprime dans maints passages de ses œuvres, qu'il s'agisse d'un excellent repas, de la vue des grands boulevards au début de Bel-Ami, *ou de la Seine, ou de la campagne épanouie.*

Mais cette joie se retourne en souffrance. Maupassant, lecteur de Spencer, est profondément pénétré de l'idée que le monde va vers sa perte, que la mort se glisse partout. La splendeur des choses lui apparaît vite comme un piège, la solitude de l'homme comme sans remède. Il n'est pas de bonheur qui ne devienne catastrophe, pas de séduction qui ne s'ouvre sur une cruauté ou une aliénation. En janvier 1881, au moment même où il exprime à Gisèle d'Estoc sa faculté de jouir, il écrit à sa mère: «J'ai froid plus encore de la solitude de la vie que de la solitude de la maison. Je sens cet immense égarement de tous les êtres, le poids du vide.»

Comment croire que Maupassant ait choisi par hasard, quand il a augmenté son recueil, de faire se terminer par «La Nuit» un livre qui commence par «Clair de lune»? D'un récit à l'autre, s'exprime ce renversement des impressions et cet obscurcissement du monde tout entier. Maupassant avait déjà célébré dans Des vers *la splendeur du clair de lune illuminant un paysage qui respire l'amour, et qui suscite en quelque sorte deux amoureux humains («Le*

Mur», «La Chanson du rayon de lune»). Un récit paru dans Le Gaulois *du 1er juillet 1882, et qui ne fut pas repris en volume par Maupassant, s'intitule déjà «Clair de lune*[1]*». Une jeune femme mariée avoue à sa sœur qu'elle a cédé à un vertige de bien-être et pris un amant, alors qu'il «faisait une nuit de conte de fées» éclairée magiquement par la lune, une de ces «nuits douces que Dieu semble avoir faites pour les tendresses». Le récit de notre recueil baigne dans la même atmosphère.*

L'autoritaire abbé Marignan de «Clair de lune» est troublé, bouleversé par la révélation de cette beauté digne du Cantique des cantiques. *Il en vient à admettre l'amour des sens comme faisant partie du plan divin. C'est une sorte de révélation. Mais cette brillante vision a pour pendant, à la fin du livre, un décor devenu angoissant pour un personnage qui aimait la nuit «avec passion», parce qu'elle adoucit et rend flous les contours, parce qu'elle permet d'être seul. Paris devenu désert, la mesure des heures interrompue, la Seine «presque gelée... presque tarie... presque morte», sait-on même si c'est un vivant ou un mort qui nous les décrit? Un mort sans doute, qui nous dit: «Ce qu'on aime avec violence finit toujours par vous tuer.»*

Le recueil est donc en quelque sorte enveloppé par une profession de foi dans la malignité du monde, mal fait pour l'homme, et qui ne lui pré-

1. Il est repris dans *Contes et nouvelles*, Bibliothèque de la Pléiade, tome I, p. 473-477.

sente les plus grandes jouissances que pour mieux le plonger dans le malheur.

L'homme, cet animal aux sens imparfaits qui a la folie de se croire le parangon de la création, a souvent ajouté à ce malheur fondamental: il s'est souvent créé à lui-même les conditions d'une vie difficile. À commencer du reste par l'abbé Marignan, qui, en éprouvant les charmes irrésistibles de la sensualité, a «pénétré dans un temple où il n'avait pas le droit d'entrer». Notation fugitive, à la fin du récit. Imaginons cependant quel trouble, chez un homme qui a fait le vœu de chasteté et l'a rigidement observé! Ce n'est pas lui que condamne Maupassant: ses personnages de prêtres ne sont pas tous, il s'en faut, antipathiques comme l'abbé Tolbiac d'Une vie[1]. Mais il dénonce l'inhumanité qu'est, à ses yeux, la foi sans nuance, l'organisation d'une Église contre les vœux de la nature: ainsi le jeune prêtre du «Baptême[2]», troublé par la tiédeur de la chair du nouveau-né, sanglote à l'idée qu'il ne pourra jamais être père.

La politique est une foi plus basse, qui ne donne même pas à ses adeptes la force de prophète possédée par l'abbé Marignan. Maupassant la méprise. À ses yeux, quelle qu'elle soit, elle néglige au profit de mots creux, de «balançoires[3]», comme il dit, le véritable caractère de l'homme, dont les instincts et les sentiments

1. *Une vie,* chapitre X, édition Folio classique, p. 202-209.
2. *Miss Harriet,* édition Folio classique, p. 207-214.
3. *Chroniques,* 10/18, Union générale d'édition, tome 1, p. 215-223.

viennent de la chair: il souffre; il réprime difficilement une cruauté native. «Un coup d'État» développe certes le ridicule du docteur Massarel, républicain franc-maçon qui s'imagine jouer un rôle de premier plan dans son bourg de Normandie. Mais non sans lui donner un cadre qui transforme ce ridicule. Méconnaissance du médecin: les paysans qui l'entourent sont grossiers, ignorants, et peu leur importe le régime qui les gouverne. La phrase du vieux campagnard: «Ça a commencé par des fourmis qui me couraient censément le long des jambes», ouvre et ferme l'anecdote, et montre que toute histoire se dilue dans l'opacité des maux subis sans comprendre. Méconnaissance plus affreuse du fanatique qui croit pouvoir régénérer les hommes: le récit commence par une description de la guerre comme inutile boucherie, l'une des obsessions de Maupassant, qu'il exprime directement, à peu près dans les mêmes termes, dans sa chronique «La guerre[1]»: «Nous l'avons vue, la guerre. Nous avons vu les hommes redevenus des brutes, affolés, tuer par plaisir, par terreur, par bravade, par ostentation [...] Nous avons vu fusiller des innocents trouvés sur une route et devenus suspects parce qu'ils avaient peur. Nous avons vu tuer des chiens enchaînés à la porte de leurs maîtres pour essayer des revolvers neufs, nous avons vu mitrailler par plaisir des vaches couchées dans un champ, sans aucune raison, pour tirer des coups de fusil, histoire de rire.»

1. *Chroniques*, édition citée, tome 2, p. 292-299.

Massarel est dérisoire assurément, avec ses grands mots qui n'échauffent personne et finissent par des coups de revolver sur le buste de Napoléon III. Mais il est odieux aussi, parce que le climat d'opérette du récit se détache sur un climat de désastre. On retrouve là la profonde amertume de « Boule de suif », et aussi sa dénonciation de l'égoïsme des dirigeants : ni Massarel ni le vicomte de Varnetot son rival ne songent à la défaite de la France.

La société du temps de guerre ne fait du reste qu'exacerber les travers et les vices de l'organisation sociale, compromis d'égoïsmes, et soumise à un maître brutal que Maupassant ne cesse de dénoncer : l'argent, dont la toute-puissance s'affirme dans la France des années 1880. Les romans Bel-Ami et Mont-Oriol le montrent. Dans Clair de lune, « La Porte » évoque « ceux qui ont intérêt, un intérêt d'argent, d'ambition, ou autre, à ce que leur femme ait un amant, ou des amants », et ces maris appartiennent au monde parisien élégant. L'omnipotence de l'argent est évidemment bien plus nette quand il s'agit du monde des employés auquel appartient le Lantin des « Bijoux », un commis principal qui gagne trois mille cinq cents francs par an. Même pas trois cents francs par mois. Le moins cher des repas dans une gargote vaut alors un franc cinquante, le plus courant des parapluies huit francs, un bock pris sur le Boulevard vingt centimes ; Maupassant le précise dans divers récits et dans Bel-Ami. Et l'écart est alors énorme entre ces coûts et ceux de la vie aisée. Le *naïf Lantin ne s'était pas étonné de mener celle-ci du vivant de sa femme. Comment être surpris qu'il tombe après sa mort dans « les expédients », se trouve « sans un sou » une semaine avant la fin du mois ? Comment ne pas comprendre sa jouissance à boire une bouteille de vin à vingt francs, après la vente des bijoux acquis comme on le sait par sa femme ?*

Récit goguenard où l'on se moque du cocu aveugle, « Les Bijoux » montre aussi qu'une société d'argent accule à la perte de toute morale, le seul but étant de s'évader d'une vie d'esclave. Lantin donne triomphalement sa démission du Ministère ; c'est une scène sans doute maintes fois rêvée par l'employé Maupassant, et qui revient dans Bel-Ami[1]. *Récit inverse des « Bijoux », « La Parure[2] » montre que rembourser un bijou perdu estimé trente-six mille francs, c'est pour un employé tomber dans la misère irrémédiable. Cruauté de ce récit : le bijou, des années plus tard, et trop tard, se révèle avoir été faux… « Les Bijoux » se termine par une autre cruauté, mais qui fait sourire : Lantin n'a pas été édifié sur le mariage par une première expérience. Il se remarie ; et sa vertueuse seconde épouse lui mène la vie dure, alors qu'il était « invraisemblablement heureux » avec l'autre, si légère dans sa conduite. Morale digne d'un fabliau, pour ce récit doux-amer.*

1. *Bel-Ami*, Ire partie, chapitre IV, édition Folio classique, p. 88.
2. *Contes du jour et de la nuit*, édition Folio classique, p. 83-94.

Sur le chapitre des femmes, on sait que Maupassant n'est pas avare de pareilles morales. La société accentue certes par l'institution du mariage et par l'éducation, pense-t-il, certains inconvénients des rapports entre les sexes. En élevant les jeunes filles comme on le faisait de son temps, dans l'ignorance, loin des réalités de la vie, on ne peut plus mal faire pour elles et pour leurs futurs maris. Maupassant le dit dans une chronique[1]*. Il le montre dans* Clair de lune*: la future épouse du Lantin des «Bijoux» offrait toutes les apparences du «type absolu de l'honnête femme», et ne s'est révélée qu'après le mariage. En revanche, la jeune Mme Baron du «Pardon» reste aussi candide qu'avant son mariage, ne soupçonne pas la trahison de son mari avant d'en recevoir la preuve écrite, et manque alors de «devenir folle».*

Mais il existe entre les sexes une opposition fondamentale, que Maupassant juge inhérente à la nature même. Disciple de Flaubert, lecteur de Baudelaire et de Schopenhauer, Maupassant estime que l'abîme entre l'homme et la femme est impossible à combler. La femme dépend entièrement de sa physiologie. Elle est faite pour l'amour et la reproduction, qui l'obsèdent. Elle est donc toute d'instinct, et inférieure à l'homme par l'intelligence. Elle trompe, elle ruse, et elle en tire du plaisir, comme peut le faire un infé-

1. «Un dilemme», *Chroniques*, édition citée, tome 1, p. 331-332.

rieur. Mme Lantin se réjouit de la naïveté de son mari ; elle essaie sur lui ses bijoux acquis en le trompant, et déclare qu'il est drôle. L'auteur de la correspondance découverte par hasard dans « Nos lettres » reprend ses lettres d'amour, parce que sa liaison devient ainsi inoffensive : si elle meurt, elle est bien sûre que son mari, découvrant ces lettres, n'en dira rien, pour ne pas passer pour un ex-mari complaisant. Quant à l'héroïne de « La Porte », elle trompe, si l'on peut dire, sur la marchandise : toute son apparente beauté est obtenue par l'artifice. Quand on la voit au naturel, on découvre un laideron au sang pauvre. Ce récit de 1887 porte sur une femme du monde, et développe un des reproches principaux que lui adresse Maupassant : elle n'est que paraître. Dénoncée ici avec sang-froid, cette femme du monde va bientôt sembler à Maupassant plus complexe, plus intéressante, et fera terriblement souffrir les héros de Fort comme la mort *et de* Notre cœur.

Pareille condamnation de la femme fausse et instinctive est courante chez certains écrivains de la fin du XIX*e* *siècle, Huysmans, Lorrain, comme chez certains peintres comme Khnopff. Maupassant est l'un des plus impitoyables. À la différence de Villiers de l'Isle-Adam qui dans* L'Ève future *oppose Mistress Anderson*[1] *(unique, il est vrai) à Alicia Clary et à Evelyn Habal, il ne pense pas qu'il puisse exister, pour*

1. *L'Ève future*, livre IV, édition Folio classique, p. 177-212, sur Mistress Anderson et Evelyn Habal ; livre I, p. 75-106, sur Alicia Clary.

racheter la femme ennemie de l'homme, une seule femme idéale.

Pourtant, tous les personnages féminins présentés dans Clair de lune *ne sont pas détestables, il s'en faut. Maupassant, avec une grande puissance de sympathie, dépeint les tribulations de celles qui n'ont pas vécu le destin pour lequel elles étaient faites. Il montre aussi le dévouement d'une jeune femme qui n'a pas encore connu l'amour, l'héroïne de «L'Enfant». Elle est abandonnée le soir de ses noces par son mari, appelé par une ancienne maîtresse qui meurt en accouchant. La jeune femme recueille l'enfant. Ce récit, un peu trop dramatique peut-être, un peu trop optimiste dans sa conclusion, trahit une préoccupation personnelle de Maupassant: son premier enfant (non reconnu) va naître sept mois après. Mais aussi, il se range parmi d'autres histoires somme toute édifiantes dans lesquelles l'enfant naturel trouve un sort inespéré, se faisant recueillir par un personnage disposé à jouer le rôle de parent: «Le Papa de Simon», «Histoire d'une fille de ferme[1]» mettent en scène des «pères» de remplacement. Les nombreux autres récits de Maupassant qui mettent en scène l'enfant naturel sont beaucoup plus sombres: «Un fils[2]», «Un parricide[3]», par exemple, contemporains de «L'En-*

1. *La Maison Tellier*, édition Folio classique, «Histoire d'une fille de ferme», p. 79-101, «Le Papa de Simon», p. 132-141.
2. *Contes de la Bécasse*, édition Folio classique, p. 147-160.
3. *Contes du jour et de la nuit*, édition Folio classique, Gallimard, p. 167-176.

fant », insistent sur l'abandon du fils naturel et sur son dévoiement fatal. C'est cette veine qui sera exploitée dans la suite. On dirait qu'alors Maupassant s'est plu, comme dans « Les Bijoux » et « La Parure », à traiter de deux manières opposées un thème qui intéressait l'opinion avant de le concerner lui-même : le nombre des enfants naturels était considérable, surtout à Paris, et la presse abordait souvent leur cas.

Dans « L'Enfant », la jeune femme, faite pour être mère et non encore éveillée à la jalousie par l'initiation aux relations charnelles, montre une générosité spontanée qui demeure unique dans l'œuvre de Maupassant. Beaucoup plus caractéristiques sont les deux récits de Clair de lune *qui concernent des vieilles filles : « La Reine Hortense » et « Une veuve ». Maupassant a mis en scène dans le chapitre IV d'*Une vie, *roman préparé depuis 1878 et publié en feuilleton au début de 1883, un autre personnage de vieille fille, tante Lison, qu'on retrouve dans le récit « Par un soir de printemps » (*Le Gaulois, 7 *mai 1881). Tante Lison est restée en surplus dans sa famille, effacée, l'air vieillot, comptant comme un objet : on fait attention à elle comme à « la cafetière » ou au « sucrier ». Nous pourrions dire familièrement qu'elle est rentrée dans le décor. Elle sert de chaperon à la fille de sa sœur, Jeanne, qui vient de se fiancer. Quand, au retour d'une promenade, le jeune homme demande à Jeanne : « N'avez-vous point froid à vos chers petits pieds ? », elle éclate tout à coup en san-*

glots : « On ne m'a jamais dit de ces choses-là… à moi… jamais… jamais. »

Ce personnage de sacrifiée de la vie reparaît avec des variations dans l'œuvre de l'écrivain : Mlle Perle[1], enfant trouvée, est demeurée chez M. Chantal, le fils de la maison, quand il s'est marié. Le jeune narrateur leur révèle qu'ils sont depuis longtemps amoureux l'un de l'autre : « Peut-être qu'un soir du prochain printemps […] ils se prendront et se serreront la main en souvenir de toute cette souffrance étouffée et cruelle. » Dans Clair de lune, la variation est plus implacable. L'humble héroïne de « La Reine Hortense » a tellement refoulé l'appel de la nature, qu'elle semble n'aimer ni être humain ni bête. C'est seulement au moment de l'agonie que le retour du refoulé a lieu, dans le délire. Elle s'imagine donnant tendrement ses soins à un mari et à six enfants. Sa solitude est terrible à cette heure dernière : inconscience du chien et du petit garçon qui jouent, indifférence et âpreté de la famille. Quant à l'héroïne d'« Une veuve », qui appartient à la société des châteaux, un drame l'a menée au veuvage blanc qui la ronge de chagrin depuis de longues années : l'amour précoce et mésestimé d'un cousin de treize ans, qui s'est suicidé de désespoir. L'indifférence est son lot à elle aussi : la seule réaction enregistrée par Maupassant, une fois qu'elle a raconté son histoire, est celle d'un gros chasseur qui la trouve trop sentimentale ! La mort qui plane sur

1. *La Petite Roque*, édition Folio classique, p. 53-114.

ces deux récits, tellement différents d'autre part, donne à l'abandon dont la vieille fille est victime un caractère irrémédiable, qu'on retrouve dans le récit plus tardif «Miss Harriet».

Mais la très réelle capacité de pitié de Maupassant pour les femmes démunies va de pair avec la méfiance envers la femme sexuellement active. Celle-ci, dans son combat avec l'homme, peut aller jusqu'à le vampiriser. «L'Inconnue[1]*» raconte un cas d'obsession qui rend l'homme impuissant; «Lettre trouvée sur un noyé*[2]*», un cas d'homme poussé au suicide par la révélation de l'incompatibilité entre les sexes.* Clair de lune *contient un récit de vampirisation. «Mademoiselle Cocotte». Il convient en effet de ne pas se tromper sur la chienne qui se trouve au centre de l'histoire. Elle représente la voracité sexuelle de l'être femelle, naïvement étalée puisqu'il s'agit d'un animal, exceptionnelle cependant d'autre part: c'est en tout temps que la bête attire les chiens, au grand étonnement du vétérinaire. Ce trait nous indique que «Mademoiselle Cocotte» représente la femme sans les entraves de la civilisation, et le surnom qui lui est donné par le cocher François ne fait qu'accentuer l'assimilation.*

Mise à mort à cause de son excès d'appétit érotique, elle dégage une malédiction: elle rend fou son ancien maître. L'eau de la Seine, qui a transporté sa charogne jusqu'en Nor-

1. *Monsieur Parent*, édition Folio classique, p. 91-98.
2. Non repris en volume par Maupassant. Édition de la Bibliothèque de la Pléiade, Gallimard, tome I, p. 1138-1143.

mandie, est bien elle aussi pour Maupassant cet élément féminin, séduisant mais perfide, qui lui inspire des récits de peur et de suicide, autant que de sensuels récits de canotage. La longue chevelure féminine est l'équivalent de l'eau : le héros de «La Chevelure[1]*» deviendra fou de l'avoir trouvée dans un meuble ; celui d'«Apparition», récit publié dans* Clair de lune, *connaîtra la peur en peignant une mystérieuse inconnue, et restera toute sa vie obsédé par cette énigme.*

Récits de la peur, de l'obsession, de la mort, de la folie. Chez Maupassant, ils ne peuvent se disjoindre les uns des autres : tout ébranlement de l'être, tout excès peut mener au risque de ne plus s'appartenir. On est dévoré par le monde que l'on avait trop ardemment perçu. On est aliéné, au sens propre du terme. C'est ce qu'a compris la veuve du grand chasseur, le marquis d'Arville, dépeint dans «Le Loup», en interdisant à son fils de s'adonner à la passion de son père et de son oncle. Passion tellement comparable à l'aliénation qu'est l'amour pour Maupassant, qu'il la fait admirer «d'une petite voix douce» par une auditrice, en conclusion du récit.

Celui-ci met en présence des protagonistes, hommes et loup, qui sont exceptionnels. Mais ce n'est pas le cas le plus fréquent dans les contes cruels de Maupassant. En général, ils s'appuient au contraire sur des situations jour-

1. *Toine*, édition Folio classique, p. 105-114.

nalières. « Les choses les plus simples, les plus humbles, sont parfois celles qui nous mordent le plus au cœur », dit le narrateur de « Mademoiselle Cocotte ». Et l'on sait que Maupassant estimait que le véritable artiste doit être capable de pénétrer dans « un caillou, une vieille chaise[1] *» pour en faire sentir toute la puissance. Il n'y a pas de petits sujets. Il y a seulement des sensibilités médiocres. Par exemple, celle du cocher dans « Histoire d'un chien » : l'ébranlement causé par l'« apparition vengeresse » de la charogne se résout pour lui à une errance d'un jour et à une répugnance désormais invincible pour les chiens. Plus attaché à sa chienne, capable de se représenter vivement ce qu'elle pense de lui quand il la noie, il devient fou dans « Mademoiselle Cocotte ».*

Cette folie est médicalement explicable, tout comme l'aliénation passagère de l'héroïne de « Conte de Noël ». Beaucoup de récits du cruel ou de l'étrange au XIX*e* *siècle s'appuient sur une analyse médicale conforme à l'état des connaissances du temps. Ainsi le récit du suicide de Lucien de Rubempré chez Balzac. La relation est constante chez Maupassant, qui connaît bien les enseignements de Braid et de Charcot sur l'hypnose, de Charcot sur l'hallucination, l'hystérie et les phénomènes que l'on englobait alors sous le nom de névroses. « Conte de Noël » réunit les conditions propres à en susciter une : inquiétude collective, climat inhabituel, décou-*

1. Lettre à Vaucaire, 17 juillet 1889.

verte étrange d'un œuf encore tiède qui est absorbé, faisant entrer l'étrange dans le corps même. La description de la «possession» et de sa guérison par hypnose s'accorde à tous les protocoles médicaux.

Il n'existe donc pas de fantastique dans ces récits, dira-t-on. Mais qu'appelle-t-on «fantastique»? Non, certes, la brève terreur à laquelle nous convient certains livres ou films d'épouvante. Elle s'annule aussitôt. Nous en sortons intacts. Pour l'auteur de l'inquiète fin du XIX*e* *siècle qu'est Maupassant, le fantastique consiste à montrer un phénomène par lequel un homme (une femme) se trouve subitement «débordé», découvrant que ses codes habituels ne suffisent pas à l'expliquer. Il en est profondément bouleversé; il est conduit à l'obsession, ou à la folie, ou à la mort. Et le lecteur participe à la transgression de ce qu'il imaginait être un ordre du monde. Il est troublé, lui aussi. Est-ce que la réapparition de la charogne de la chienne n'est pas une coïncidence vraiment inquiétante? D'où vient un œuf tout chaud, dans un paysage gelé? Si la femme d'«Apparition» est une morte, d'où vient que le lit de la chambre soit creusé par le poids d'un corps? Les fantômes ne pèsent pas. Mais si elle est vivante, pourquoi le château passe-t-il auprès de tous pour inhabité, pourquoi l'aspect de la chambre exclut-il qu'elle soit occupée, pourquoi une «sensation de froid atroce» est-elle communiquée par les cheveux de la femme?*

Quelque chose se dérobe, et déstabilise le rai-

sonnement habituel. Or, ce « quelque chose » revêt en même temps des caractères quotidiens. L'œuf est « comme tous les œufs, et bien frais ». La charogne porte le beau collier à son nom qu'a offert François. Les circonstances dans lesquelles le héros d'« Apparition » se trouve dans le château sont largement expliquées. Son voyage a été des plus agréables, et il ne peut avoir été l'objet d'une hallucination, puisque des cheveux sont restés enroulés aux boutons de son uniforme. Tout prouve *qu'il s'est passé un* improbable. *En outre, le narrateur est digne de foi : des médecins sont les cautions des récits « Mademoiselle Cocotte » et « Conte de Noël » ; le marquis de La Tour-Samuel a fait procéder à des enquêtes judiciaires, restées vaines, et ne parle pas sous le coup de l'émotion : il raconte une aventure vieille de cinquante-six ans.*

L'effet de transgression n'est pas un simple jeu littéraire chez Maupassant. Il est persuadé que beaucoup de choses nous échappent dans l'univers, parce que nous sommes des animaux imparfaits. Ce qui est inadmissible, c'est précisément notre existence où tout est piège, où les plus grandes joies se renversent en douleurs, où le « pourquoi » se dérobe sans cesse à nous. Maupassant développe cet état misérable de notre condition dans sa chronique « Par-delà », reprise dans Sur l'eau[1]. *« Mais on ne voit donc pas que nous sommes toujours emprisonnés en*

1. Édition Folio classique, p. 61-64.

nous-mêmes, sans parvenir à sortir de nous, condamnés à traîner le boulet de notre rêve sans essor! / Tout le progrès de notre effort cérébral consiste à constater des faits matériels au moyen d'instruments ridiculement imparfaits [...] Nous ne savons rien, nous ne voyons rien, nous ne pouvons rien, nous ne devinons rien, nous n'imaginons rien.» Il y a là une sorte de désespoir existentiel. Il a saisi beaucoup d'écrivains en cette fin de siècle qui voit s'ébranler toutes les valeurs. «Notre vue de l'univers [déclare Anatole France dans Le Jardin d'Épicure*] est purement l'effet du cauchemar de ce mauvais sommeil qui est la vie.»*

Cauchemar: c'est ainsi que Maupassant qualifie ce conte de l'étrange par excellence qu'est «La Nuit». Il est impossible d'en qualifier le narrateur. Celui-ci décrit au présent d'habitude son tempérament: amour de la nuit et de la solitude. Puis il passe à un passé composé qui devrait cerner une anecdote; mais précisément, il est incapable de rien cerner, puisque la nuit dont il parle n'a pas cessé, que le temps s'est arrêté, que l'eau de la Seine est devenue une sorte de gel, comme l'eau des Aventures d'Arthur Gordon Pym[1]. *Paris est là, avec ses repères topographiques; mais il n'est plus là, devenu désert. Le dernier paragraphe place le narrateur sur les quais de la Seine, qui n'est plus la Seine; lui-même, déclarant: «Et je sentais bien que je n'aurais plus la force de remonter... et que*

1. E. Poe, édition Folio classique, p. 231.

j'allais mourir là», nous fait pressentir que nous lisons ce que Marcel Béalu a nommé Journal d'un mort[1].

On pourrait soutenir que Maupassant a voulu transcrire là quelque rêve de malade. Mais la déclaration du narrateur, «ce qu'on aime avec violence finit toujours par vous tuer», est prise à sa charge par l'écrivain, proprement ou figurément, dans toute son œuvre. La chasse tue dans «Le Loup», la chienne tue dans «Mademoiselle Cocotte», l'amour annule une vie dans «Une veuve». Et nulle imagination ne pourra égaler le cauchemar que vit Moiron, le père passionné, quand il voit ses trois enfants «mourir successivement de la poitrine». C'est, pour le coup, en lui que s'opère le renversement des valeurs: Moiron, ancien instituteur exemplaire, tue méthodiquement les enfants de l'école; homme jadis pieux, il veut maintenant être à l'image du Dieu qui instaura la mort comme loi sur la terre. Il ment pour être gracié; non que sa vie ultérieure soit heureuse (on le voit mourant sur une misérable paillasse); mais il faut ressembler par l'impunité à Dieu, qui agit impunément contre les hommes.

C'est la vision sadienne de l'univers, celle que le Marquis, très lu par Flaubert et par Maupassant, expose par exemple dans La Philosophie dans le boudoir[2]. *L'ancien procureur général qui raconte l'histoire de Moiron ressent une*

1. Collection Blanche, Gallimard, 1947.
2. *La Philosophie dans le boudoir,* Troisième dialogue, édition Folio classique, p. 70-71.

grande horreur devant cet homme : le récit, sans cela, n'aurait pu d'ailleurs être publié par aucun journal. Mais quant à Maupassant, il devait écrire deux ans plus tard à Mme Potocka, après avoir veillé à l'internement de son frère Hervé : « Ah, le pauvre corps humain, le pauvre esprit, quelle saleté, quelle horrible création. Si je croyais au Dieu de vos religions, quelle horreur sans limites j'aurais pour lui ! » Il ne croyait pas en Dieu. Mais l'univers demeurait inexplicable pour lui, et dominé, toutes les fois qu'on essayait de le penser, par un hasard mauvais.

Le fantastique de Maupassant vient de là. Comme le fantastique que Sade définit dans son Idée sur les romans, *il n'a que faire des effets extérieurs : le cœur de l'homme suffit à le susciter. Et, s'il est soigneusement travaillé par Maupassant, il ne consiste assurément pas en une pure recherche formelle : il est un des aspects, peut-être le plus profond, de notre existence, parfois si douce et si drôle pourtant. « Les démons du hasard nous mènent » de la nuit sensuelle de « Clair de lune » à la terrible « Nuit », en passant par la singulière et divertissante aventure du « Père », dans laquelle une bohémienne donne à sa fille, chaque année, un « père » différent, qui n'est pas et ne peut pas être le vrai. Celui-là est un « mari » gendarme, un représentant de l'ordre. Ce n'est pas fortuitement que Maupassant lui a donné une telle identité, et qu'il a fait commencer son récit par des considérations sur « nos esprits très bornés,* très faibles, très impuissants » devant l'univers qui les dépasse. Le hasard a cette fois été bon prince pour son enfant la bohémienne, cette marginale qui trouve toujours un homme pour vivre avec elle. La vive sensibilité de Maupassant le portait de la jouissance à la terreur, du sourire au désespoir : Clair de lune, comme tous les recueils de récits parus de son vivant, nous en donne le témoignage. Mais en général, il faut reconnaître que l'image de la vie donnée par les récits qu'il réunit est empreinte de pessimisme, et présente une majorité d'hommes et de femmes bêtes, avides, grotesques, et surtout malheureux.

Nous avons toujours employé le terme de « récits » pour qualifier les pages réunies par Maupassant. Rien de plus inutile en effet que l'essai de distinguer en son temps « contes » et « nouvelles », sauf en un cas rendu légitime par un usage presque constant : lorsqu'il s'agit de contes merveilleux. « La Légende du Mont-Saint-Michel » peut recevoir le nom de « conte ». Les auteurs du XIXe siècle emploient indifféremment le terme de « conte » et celui de « nouvelle », en dehors de ce cas. Et encore ! Quoi de plus caractéristique à cet égard que la note dont Mérimée accompagne son récit « Federigo », qui fait intervenir des éléments de merveilleux ? « Ce conte est populaire dans le royaume de Naples. On y remarque, ainsi que dans beaucoup d'autres nouvelles originaires de la même contrée, un mélange bizarre de la mythologie grecque avec les croyances du christianisme[1]. »

Mais enfin, suivons l'usage en parlant du « conte merveilleux », tout en remarquant que Maupassant a joué avec cette acception : son « Conte de Noël » relate, non un miracle, mais un phénomène médical très explicable. Ses lecteurs attendaient un type de récit, il leur en donne un autre. Mais cet autre, est-il « conte » ou « nouvelle » ? Une tentative de classement plongerait dans des embarras inextricables. Ainsi, les Contes de la Bécasse de Maupassant ne se distinguent pas par leur facture du reste de ses recueils. On regrette l'absence de l'expression de « récit court », employée en anglais, qui permettrait de supprimer un faux problème.

Si le « conte » est ce qu'on « raconte », il faut en effet constater que les marques d'oralité sont très fréquentes dans ces récits, mais de degrés si divers que la démarcation serait illusoire avec une « nouvelle » qui présenterait l'anecdote en elle-même. Dans Clair de lune, il existe des narrateurs qui, au cours d'une conversation, présentent devant des auditeurs un récit appartenant au passé : narrateurs du « Loup », de « Conte de Noël », d'« Une veuve », d'« Apparition », de « La Porte », du « Père », « Moiron » est une narration qui en enchâsse une autre, celle du criminel

1. *Carmen*, édition Folio classique, p. 319. C'est nous qui soulignons. Maupassant écrit lui-même : « Je vous prie d'envoyer tout de suite par la poste le volume de nouvelles paru chez vous où on trouve une intitulée "Le Testament". Je crois que c'est dans les *Contes de la Bécasse* » (à Havard, 1887).

mourant. Mais que dire de « La Nuit », récit qui, placé dans un temps/non-temps, ne peut être destiné à tel auditoire dans tel lieu défini, et qui pourtant nous fait entendre une voix qui raconte ? Que dire du récit indirect, celui de « Mademoiselle Cocotte » ? Le cocher fou ne peut raconter lui-même son histoire, mais est-ce le médecin qui la relate, est-ce le « je » du narrateur s'intéressant à cette histoire ?

En général, ce « je » est très présent ; et le ton du discours adressé à des auditeurs est constant : tantôt les auditeurs sont dans le récit, tantôt ce sont les lecteurs du journal que, directement, Maupassant entretient, avec le ton persuasif de celui qui a vu les scènes et se réserve de les commenter. Les considérations sur la guerre, au début d'« Un coup d'État », sont assurément de Maupassant lui-même : supposons qu'il ait franchement indiqué qu'après elles, il allait nous raconter une anecdote particulière sur la bêtise néfaste de certains des acteurs de cette guerre, faudrait-il alors appeler « conte » ce récit que dans l'état actuel nous nommerions « nouvelle » ? Contentons-nous donc d'analyser le degré d'intervention dans le récit, sans chercher à le faire entrer dans une typologie aussi floue.

Récit court, donc ; récit paru dans la presse, comme plus récemment les récits de Buzzati ou des écrivains américains. Il faut qu'il soit immédiatement lisible par le lecteur pressé. Pour cette raison, il emploie souvent, nous l'avons vu, des éléments d'actualité. Mais il les trans-

forme pour leur donner une cohérence narrative inconnue du fait divers, et souvent pour les réorienter. Les personnages prennent une consistance, vont vers un destin, au lieu d'être des supports d'anecdotes. On le voit avec « Mademoiselle Cocotte », où, par rapport à la première version, le cocher François prend un relief et devient le héros de l'histoire, et où la portée sémantique du surnom « Mademoiselle Cocotte » est exploitée à fond. Le petit écho journalistique sur l'employé qui découvre après sa mort que sa femme l'a trompé avec le ministre, et a acquis des bijoux de valeur, devient chez Maupassant une satire du mariage du faible Lantin (toujours, quelle que soit la situation, dominé par sa femme) et d'une société dominée par le goût de l'argent. Peu de modifications en somme, mais toutes orientées dans le même sens, pour transformer l'histoire banale de séquestration qui sert de point de départ à « Apparition » : elles conduisent à faire dominer l'improbable, la question à laquelle il est impossible de répondre.

Le récit, qu'il parte ou non d'une actualité, doit être frappant. Il est resserré autour d'un sujet unique, d'un acteur dominé par un trait de personnalité : autoritarisme dogmatique de l'abbé Marignan, arrivisme bête de Massarel, solitude de la reine Hortense, sadisme de Moiron. Ce peut être la marque d'une personnalité constante, comme dans les récits qu'on vient de citer, ou bien une disposition passagère qui, tout à coup, est suscitée dans le personnage, comme la peur chez le marquis de La Tour-Samuel dans

«Apparition». L'essentiel est que le sujet soit délimité, et que l'unité d'impression soit sauvegardée. On peut ainsi relever des réseaux sémantiques du grotesque dans «Un coup d'État»: opposition physique entre le maigre vicomte et le gros et sanguin docteur Massarel, présence du revolver sur la table de celui-ci quand il donne une consultation, aggravée par celle d'un «poignard espagnol» bien romantique sur un meuble qui ne l'est pas, sa table de nuit... Une page a suffi pour caractériser le ton.

Pour répondre à ce souci d'unité, l'espace où se déroule le récit est lui aussi resserré, souvent unique, surtout si l'on veut bien considérer que le salon anonyme où parle le narrateur du «Loup», d'«Une veuve», d'«Apparition», est un lieu de convention sans importance par lui-même. Parfois le décor premier a plus de signification, la maison de fous de «Mademoiselle Cocotte» par exemple, mais il donne déjà une clef de l'action tout entière. Ailleurs, l'action peut se situer dans un va-et-vient significatif: entre la forge et l'église dans «Conte de Noël», entre la maison nuptiale et la chambre de la maîtresse agonisante dans «L'Enfant». Grande raréfaction, grande visibilité des lieux en tout cas.

Donc, récit frappant, description rapide d'une situation initiale, clarté des péripéties et de la situation finale. Le récit court de Maupassant, admirablement agencé en cela, se dérobe à toute formalisation qui en donnerait la «recette». Ainsi, l'effet final qu'Eikhenbaum a cru pouvoir ériger en loi du genre[1] *n'existe nullement dans tous ses récits. Il est absent du «Loup», de «La Reine Hortense», d'«Apparition», de «Nos lettres». Ainsi, la fermeture du récit par encadrement, qu'on dit fréquente dans les récits de l'écrivain, n'est pas du tout constante. Tantôt la situation se dénoue franchement, et nous avons une conclusion bien nette: ainsi dans «Le Loup», «L'Enfant», «Le Pardon», «La Porte». Tantôt le récit est laissé ouvert, et il y a une sorte de coulure finale: c'est le cas d'«Apparition» et de «La Nuit». La situation de la fin épuise et dépasse là toute expression cohérente.*

Le récit de Maupassant est donc un genre très labile, qui n'a d'autre règle que d'attirer le lecteur en peu de pages. Encore ne faudrait-il pas se tromper sur les caractéristiques de simplicité et d'unicité qui se déduisent de cette obligation. Maupassant a longtemps passé pour un auteur clair, trop clair, qui «écrit bien», mais dont les intentions sont sans équivoque. On citait toujours les mêmes récits de lui pour illustrer ce jugement. Il est sommaire! La rhétorique «évidente» de Maupassant est aussi trompeuse que ses titres, qui souvent attirent le lecteur dans une direction d'où il est dérouté par le récit même. La reine Hortense est une pauvre vieille fille, Mademoiselle Cocotte une chienne; on ne sait en lisant les intitulés «Clair de lune» et «La

1. Voir *Théorie de la littérature*, traduction et présentation de T. Todorov, Éditions du Seuil, 1966, p. 203.

Nuit» s'il s'agit de récits du bonheur ou de la détresse.

À l'intérieur même du récit de Maupassant, la présentation limpide cache des sens qui dérangent et des pistes brouillées. L'abbé Marignan, ce personnage qui semblait tout d'une pièce, perçoit les nuances de la brume avec des appropriations successives de sensations qui lui donnent une sensibilité impressionniste: «Une buée fine, une vapeur blanche que les rayons de lune traversaient, argentaient, rendaient luisante, restait suspendue autour et au-dessus des berges, enveloppait tout le cours tortueux de l'eau d'une sorte de ouate légère et transparente.»

Dans le combat du «Loup» entre le loup et le chasseur, devant le cadavre défiguré, la bête a des aspects humains et l'homme une réaction d'instinct bestial, de telle sorte qu'on dirait un combat de forces naturelles déchaînées. La comparaison avec la force de l'amour, implicite à la fin du récit, est annoncée alors.

«Les Bijoux», «La Porte», sont des récits semés dès le départ d'allusions à la perfidie des femmes, ou à leur sens du déguisement. Seules, les péripéties (Mme Lantin trompait son mari, Louise est affreuse au naturel) éclairent ces allusions: une seconde lecture est donc nécessaire pour les comprendre.

Le procureur est, dans «Moiron», une sorte de faux présentateur par rapport à Maupassant. Il a horreur de la conception sadienne du monde que développe l'instituteur devenu criminel. Mais la parole est à ce dernier, et c'est une parole forte. La fin du récit montre la véritable opposition, qui n'est pas entre la loi et le crime, mais entre deux visions métaphysiques irréductibles : Moiron mourant reste seul en face d'un prêtre, alors que le procureur s'en va.

« La Nuit » entrelace des détails réalistes, toute une topographie de Paris, et un langage par anaphores, reprises, hésitations, qui indique dès le début du récit une impossibilité, de la part du narrateur, de trouver une définition équilibrée de lui-même et de l'espace. L'un et l'autre s'effriteront jusqu'à l'annulation, et l'on entend alors comme un écho inversé des premières lignes : « À mesure que l'ombre grandit, je me sens plus jeune, plus fort, plus alerte, plus heureux [...] Les globes électriques, pareils à des lunes éclatantes et pâles, à des œufs de lune tombés du ciel, à des perles monstrueuses, vivantes, faisaient pâlir sous leur clarté nacrée, mystérieuse et royale les filets de gaz [...] », dit tout d'abord le promeneur. Et à la fin : « [...] de l'eau... j'y trempai mon bras... elle coulait... froide... froide... froide... presque gelée... presque tarie... presque morte. / Et je sentais bien que je n'aurais plus jamais la force de remonter... et que j'allais mourir là... moi aussi, de faim — de fatigue — et de froid. »

Les meilleurs récits de Maupassant sont donc écrits de telle sorte qu'on peut les embrasser dans une première lecture rapide, mais qu'ils contiennent des composantes dont la complexité apparaît à la lecture lente et à la relecture. De même le monde de Maupassant, plein de détails réalistes, cernés, d'une observation nette, s'approfondit grâce à ces détails mêmes, et nous livre une vision des implicites et des improbables. Le lecteur averti de Maupassant ne se trompe pas à certains réseaux sémantiques, à certains rythmes et groupements de mots, dont l'écrivain, dans La Vie errante, *indique le pouvoir: «Noter par les voisinages des mots, bien plus que par leur accord rationnel et leur signification, d'intraduisibles sens, qui sont obscurs pour nous et clairs pour eux.»*

Marie-Claire Bancquart

Clair de lune

CLAIR DE LUNE[1]

Il portait bien son nom de bataille, l'abbé Marignan[2]. C'était un grand prêtre maigre, fanatique, d'âme toujours exaltée, mais droite. Toutes ses croyances étaient fixes, sans jamais d'oscillations. Il s'imaginait sincèrement connaître son Dieu, pénétrer ses desseins, ses volontés, ses intentions.

Quand il se promenait à grands pas dans l'allée de son petit presbytère de campagne, quelquefois une interrogation se dressait dans son esprit : « Pourquoi Dieu a-t-il fait cela ? » Et il cherchait obstinément, prenant en sa pensée la place de Dieu, et il trouvait presque toujours. Ce n'est pas lui qui eût murmuré dans un élan de pieuse humilité : « Seigneur, vos desseins sont impénétrables[3] ! » Il se disait : « Je suis le serviteur de Dieu, je dois connaître ses raisons d'agir, et les deviner si je ne les connais pas. »

Tout lui paraissait créé dans la nature avec une logique absolue et admirable. Les « Pourquoi » et les « Parce que » se balançaient toujours. Les aurores étaient faites pour rendre joyeux les réveils, les jours pour mûrir les moissons, les pluies pour les arroser, les soirs pour préparer au sommeil et les nuits sombres pour dormir.

Les quatre saisons correspondaient parfaitement à tous les besoins de l'agriculture ; et jamais le soupçon n'aurait pu venir au prêtre que la nature n'a point d'intentions et que tout ce qui vit s'est plié, au contraire, aux dures nécessités des époques, des climats et de la matière[1].

Mais il haïssait la femme, il la haïssait inconsciemment, et la méprisait par instinct. Il répétait souvent la parole du Christ : « Femme, qu'y a-t-il de commun entre vous et moi[2] ? » et il ajoutait : « On dirait que Dieu lui-même se sentait mécontent de cette œuvre-là. » La femme était bien pour lui l'enfant douze fois impure dont parle le poète[3]. Elle était le tentateur qui avait entraîné le premier homme et qui continuait toujours son œuvre de damnation, l'être faible, dangereux, mystérieusement troublant. Et plus encore que leur corps de perdition, il haïssait leur âme aimante.

Souvent il avait senti leur tendresse attachée à lui et, bien qu'il se sût inattaquable, il s'exaspérait de ce besoin d'aimer qui frémissait toujours en elles.

Dieu, à son avis, n'avait créé la femme que pour tenter l'homme et l'éprouver. Il ne fallait approcher d'elle qu'avec des précautions défensives, et les craintes qu'on a des pièges. Elle était, en effet, toute pareille à un piège avec ses bras tendus et ses lèvres ouvertes vers l'homme.

Il n'avait d'indulgence que pour les religieuses que leur vœu rendait inoffensives ; mais il les traitait durement quand même, parce qu'il la sentait toujours vivante au fond de leur cœur enchaîné, de leur cœur humilié, cette éternelle tendresse qui venait encore à lui, bien qu'il fût un prêtre.

Il la sentait dans leurs regards plus mouillés de piété que les regards des moines, dans leurs extases où leur sexe se mêlait, dans leurs élans d'amour vers le Christ, qui l'indignaient parce que c'était de l'amour de femme, de l'amour charnel ; il la sentait, cette tendresse maudite, dans leur docilité même, dans la douceur de leur voix en lui parlant, dans leurs yeux baissés, et dans leurs larmes résignées quand il les reprenait avec rudesse.

Et il secouait sa soutane en sortant des portes du couvent, et il s'en allait en allongeant les jambes comme s'il avait fui devant un danger.

Il avait une nièce qui vivait avec sa mère dans une petite maison voisine. Il s'acharnait à en faire une sœur de charité.

Elle était jolie, écervelée, et moqueuse. Quand l'abbé sermonnait, elle riait ; et quand il se fâchait contre elle, elle l'embrassait avec véhémence, le serrant contre son cœur, tandis qu'il cherchait involontairement à se dégager de cette étreinte qui lui faisait goûter cependant une joie douce, éveillant au fond de lui cette sensation de paternité[1] qui sommeille en tout homme.

Souvent il lui parlait de Dieu, de son Dieu, en marchant à côté d'elle par les chemins des champs. Elle ne l'écoutait guère et regardait le ciel, les herbes, les fleurs, avec un bonheur de vivre qui se voyait dans ses yeux[2]. Quelquefois elle s'élançait pour attraper une bête volante, et s'écriait en la rapportant : « Regarde, mon oncle, comme elle est jolie ; j'aie envie de l'embrasser. » Et ce besoin d'« embrasser des mouches » ou des grains de lilas inquiétait, irritait, soulevait le prêtre, qui retrouvait encore là cette indéracinable tendresse qui germe toujours au cœur des femmes.

Puis, voilà qu'un jour l'épouse du sacristain, qui faisait le ménage de l'abbé Marignan, lui apprit avec précaution que sa nièce avait un amoureux.

Il en ressentit une émotion effroyable, et il demeura suffoqué, avec du savon plein la figure, car il était en train de se raser.

Quand il se retrouva en état de réfléchir et de parler, il s'écria : « Ce n'est pas vrai, vous mentez, Mélanie ! »

Mais la paysanne posa la main sur son cœur : « Que Notre-Seigneur me juge si je mens, monsieur le curé. J'vous dis qu'elle y va tous les soirs sitôt qu'votre sœur est couchée. Ils se r'trouvent le long de la rivière. Vous n'avez qu'à y aller voir entre dix heures et minuit. »

Il cessa de se gratter le menton, et il se mit à

marcher violemment, comme il faisait toujours en ses heures de grave méditation. Quand il voulut recommencer à se barbifier[1], il se coupa trois fois depuis le nez jusqu'à l'oreille.

Tout le jour, il demeura muet, gonflé d'indignation et de colère. À sa fureur de prêtre, devant l'invincible amour, s'ajoutait une exaspération de père moral, de tuteur, de chargé d'âme, trompé, volé, joué par une enfant ; cette suffocation égoïste des parents à qui leur fille annonce qu'elle a fait, sans eux et malgré eux, choix d'un époux.

Après son dîner, il essaya de lire un peu, mais il ne put y parvenir ; et il s'exaspérait de plus en plus. Quand dix heures sonnèrent, il prit sa canne, un formidable bâton de chêne dont il se servait toujours en ses courses nocturnes, quand il allait voir quelque malade. Et il regarda en souriant l'énorme gourdin qu'il faisait tourner, dans sa poigne solide de campagnard, en des moulinets menaçants. Puis, soudain, il le leva et, grinçant des dents, l'abattit sur une chaise dont le dossier fendu tomba sur le plancher.

Il ouvrit sa porte pour sortir ; mais il s'arrêta sur le seuil, surpris par une splendeur de clair de lune telle qu'on n'en voyait presque jamais.

Et comme il était doué d'un esprit exalté, un de ces esprits que devaient avoir les Pères de l'Église, ces poètes rêveurs, il se sentit soudain distrait, ému par la grandiose et sereine beauté de la nuit pâle.

Dans son petit jardin, tout baigné de douce lumière, ses arbres fruitiers, rangés en ligne, dessinaient en ombre sur l'allée leurs grêles membres de bois à peine vêtus de verdure ; tandis que le chèvrefeuille géant, grimpé sur le mur de sa maison, exhalait des souffles délicieux et comme sucrés, faisait flotter dans le soir tiède et clair une espèce d'âme parfumée[1].

Il se mit à respirer longuement, buvant de l'air comme les ivrognes boivent du vin, et il allait à pas lents, ravi, émerveillé, oubliant presque sa nièce.

Dès qu'il fut dans la campagne, il s'arrêta pour contempler toute la plaine inondée de cette lueur caressante, noyée dans ce charme tendre et languissant des nuits sereines. Les crapauds à tout instant jetaient par l'espace leur note courte et métallique, et des rossignols lointains mêlaient leur musique égrenée qui fait rêver sans faire penser, leur musique légère et vibrante, faite pour les baisers, à la séduction du clair de lune.

L'abbé se remit à marcher, le cœur défaillant, sans qu'il sût pourquoi. Il se sentait comme affaibli, épuisé tout à coup ; il avait envie de s'asseoir, de rester là, de contempler, d'admirer Dieu dans son œuvre.

Là-bas, suivant les ondulations de la petite rivière, une grande ligne de peupliers serpentait. Une buée fine, une vapeur blanche que les rayons de lune traversaient, argentaient, rendaient luisante, restait suspendue autour et audessus des berges, enveloppait tout le cours tortueux de l'eau d'une sorte de ouate légère et transparente[1].

Le prêtre encore une fois s'arrêta, pénétré jusqu'au fond de l'âme par un attendrissement grandissant, irrésistible.

Et un doute, une inquiétude vague l'envahissait ; il sentait naître en lui une de ces interrogations qu'il se posait parfois.

Pourquoi Dieu avait-il fait cela ? Puisque la nuit est destinée au sommeil, à l'inconscience, au repos, à l'oubli de tout, pourquoi la rendre plus charmante que le jour, plus douce que les aurores et que les soirs, et pourquoi cet astre lent et séduisant, plus poétique que le soleil et qui semble destiné, tant il est discret, à éclairer des choses trop délicates et mystérieuses pour la grande lumière, s'en venait-il faire si transparentes les ténèbres[2] ?

Pourquoi le plus habile des oiseaux chanteurs ne se reposait-il pas comme les autres et se mettait-il à vocaliser dans l'ombre troublante.

Pourquoi ce demi-voile jeté sur le monde ? Pourquoi ces frissons de cœur, cette émotion de l'âme, cet alanguissement de la chair ?

Pourquoi ce déploiement de séductions que les hommes ne voyaient point, puisqu'ils étaient couchés en leurs lits ? À qui étaient destinés ce spectacle sublime, cette abondance de poésie jetée du ciel sur la terre ?

Et l'abbé ne comprenait point.

Mais voilà que là-bas, sur le bord de la prairie, sous la voûte des arbres trempés de brume luisante, deux ombres apparurent qui marchaient côte à côte.

L'homme était plus grand et tenait par le cou son amie, et, de temps en temps, l'embrassait sur le front. Ils animèrent tout à coup ce paysage immobile qui les enveloppait comme un cadre divin fait pour eux. Ils semblaient, tous deux, un seul être, l'être à qui était destinée cette nuit calme et silencieuse ; et ils s'en venaient vers le prêtre comme une réponse vivante, la réponse que son Maître jetait à son interrogation.

Il restait debout, le cœur battant, bouleversé, et il croyait voir quelque chose de biblique, comme les amours de Ruth et de Booz [1], l'accomplissement d'une volonté du Seigneur dans un de ces grands décors dont parlent les livres saints. En sa tête se mirent à bourdonner les versets du Cantique des Cantiques, les cris d'ardeur, les appels des corps, toute la chaude poésie de ce poème brûlant de tendresse.

Et il se dit : « Dieu peut-être a fait ces nuits-là pour voiler d'idéal les amours des hommes. »

Il reculait devant ce couple embrassé qui marchait toujours. C'était sa nièce pourtant ; mais il se demandait maintenant s'il n'allait pas désobéir à Dieu. Et Dieu ne permet-il point l'amour, puisqu'il l'entoure visiblement d'une splendeur pareille ?

Et il s'enfuit, éperdu, presque honteux, comme s'il eût pénétré dans un temple où il n'avait pas le droit d'entrer.

UN COUP D'ÉTAT[1]

Paris venait d'apprendre le désastre de Sedan. La République était proclamée[2]. La France entière haletait au début de cette démence qui dura jusqu'après la Commune. On jouait au soldat d'un bout à l'autre du pays.

Des bonnetiers étaient colonels faisant fonctions de généraux ; des revolvers et des poignards s'étalaient autour de gros ventres pacifiques enveloppés de ceintures rouges ; de petits bourgeois devenus guerriers d'occasion commandaient des bataillons de volontaires braillards et juraient comme des charretiers pour se donner de la prestance.

Le seul fait de tenir des armes, de manier des fusils à système[3] affolait ces gens qui n'avaient jusqu'ici manié que des balances, et les rendait, sans aucune raison, redoutables au premier venu. On exécutait des innocents pour prouver qu'on savait tuer ; on fusillait, en rôdant par les campagnes vierges encore de Prussiens, les chiens errants, les vaches ruminant en paix, les chevaux malades pâturant dans les herbages[4].

Chacun se croyait appelé à jouer un grand rôle militaire. Les cafés des moindres villages, pleins de commerçants en uniforme, ressemblaient à des casernes ou à des ambulances.

Le bourg de Canneville[1] ignorait encore les affolantes nouvelles de l'armée et de la capitale ; mais une extrême agitation le remuait depuis un mois, les partis adverses se trouvaient face à face.

Le maire, M. le vicomte de Varnetot, petit homme maigre, vieux déjà, légitimiste rallié à l'Empire depuis peu, par ambition, avait vu surgir un adversaire déterminé dans le docteur Massarel, gros homme sanguin, chef du parti républicain dans l'arrondissement, vénérable de la loge maçonnique du chef-lieu, président de la Société d'agriculture et du banquet des pompiers, et organisateur de la milice rurale qui devait sauver la contrée[2].

En quinze jours, il avait trouvé le moyen de décider à la défense du pays soixante-trois volontaires mariés et pères de famille, paysans prudents et marchands du bourg, et il les exerçait, chaque matin, sur la place de la mairie.

Quand le maire, par hasard, venait au bâtiment communal, le commandant Massarel, bardé de pistolets, passant fièrement, le sabre en main, devant le front de sa troupe, faisait hurler à son monde : « Vive la patrie ! » Et ce cri, on l'avait remarqué, agitait le petit vicomte, qui voyait là sans doute une menace, un défi, en même temps qu'un souvenir odieux de la grande Révolution.

Le 5 septembre au matin, le docteur en uniforme, son revolver sur sa table, donnait une consultation à un couple de vieux campagnards, dont l'un, le mari, atteint de varices depuis sept ans, avait attendu que sa femme en eût aussi pour venir trouver le médecin, quand le facteur apporta le journal.

M. Massarel l'ouvrit, pâlit, se dressa brusquement, et, levant les bras au ciel dans un geste d'exaltation, il se mit à vociférer de toute sa voix devant les deux ruraux affolés :

« Vive la République ! vive la République ! vive la République ! »

Puis il retomba sur son fauteuil, défaillant d'émotion.

Et comme le paysan reprenait : « Ça a commencé par des fourmis qui me couraient censément le long des jambes », le docteur Massarel s'écria :

« Fichez-moi la paix ; j'ai bien le temps de m'occuper de vos bêtises. La République est proclamée, l'empereur est prisonnier, la France est sauvée. Vive la République ! » Et courant à la porte, il beugla : « Céleste, vite, Céleste ! »

La bonne épouvantée accourut ; il bredouillait tant il parlait rapidement :

« Mes bottes, mon sabre, ma cartouchière et le poignard espagnol qui est sur ma table de nuit : dépêche-toi ! »

Comme le paysan obstiné, profitant d'un instant de silence, continuait :

« Ça a devenu comme des poches qui me faisaient mal en marchant. »

Le médecin exaspéré hurla :

« Fichez-moi donc la paix, nom d'un chien, si vous vous étiez lavé les pieds, ça ne serait pas arrivé. »

Puis, le saisissant au collet, il lui jeta dans la figure :

« Tu ne sens donc pas que nous sommes en république, triple brute ? »

Mais le sentiment professionnel le calma tout aussitôt, et il poussa dehors le ménage abasourdi, en répétant :

« Revenez demain, revenez demain, mes amis. Je n'ai pas le temps aujourd'hui. »

Tout en s'équipant des pieds à la tête, il donna de nouveau une série d'ordres urgents à sa bonne :

« Cours chez le lieutenant Picart et chez le sous-lieutenant Pommel, et dis-leur que je les attends ici immédiatement. Envoie-moi aussi Torchebeuf avec son tambour, vite, vite ! »

Et quand Céleste fut sortie, il se recueillit, se préparant à surmonter les difficultés de la situation.

Les trois hommes arrivèrent ensemble, en vêtement de travail. Le commandant, qui s'attendait à les voir en tenue, eut un sursaut.

« Vous ne savez donc rien, sacrebleu ? L'Empereur est prisonnier, la République est proclamée. Il faut agir. Ma position est délicate, je dirai plus, périlleuse. »

Il réfléchit quelques secondes devant les visages ahuris de ses subordonnés, puis reprit :

« Il faut agir et ne pas hésiter ; les minutes

valent des heures dans des instants pareils. Tout dépend de la promptitude des décisions. Vous, Picart, allez trouver le curé et sommez-le de sonner le tocsin pour réunir la population que je vais prévenir. Vous, Torchebeuf, battez le rappel dans toute la commune jusqu'aux hameaux de la Gerisaie et de Salmare pour rassembler la milice en armes sur la place. Vous, Pommel, revêtez promptement votre uniforme, rien que la tunique et le képi. Nous allons occuper ensemble la mairie et sommer M. de Varnetot de me remettre ses pouvoirs. C'est compris ?

— Oui.

— Exécutez, et promptement. Je vous accompagne jusque chez vous, Pommel, puisque nous opérons ensemble. »

Cinq minutes plus tard, le commandant et son subalterne, armés jusqu'aux dents, apparaissaient sur la place juste au moment où le petit vicomte de Varnetot, les jambes guêtrées comme pour une partie de chasse, son lefaucheux sur l'épaule, débouchait à pas rapides par l'autre rue, suivi de ses trois gardes en tunique verte, le couteau sur la cuisse et le fusil en bandoulière.

Pendant que le docteur s'arrêtait, stupéfait, les quatre hommes pénétrèrent dans la mairie dont la porte se referma derrière eux.

« Nous sommes devancés, murmura le médecin, il faut maintenant attendre du renfort. Rien à faire pour le quart d'heure. »

Le lieutenant Picart reparut :

« Le curé a refusé d'obéir, dit-il : il s'est même enfermé dans l'église avec le bedeau et le suisse. »

Et, de l'autre côté de la place, en face de la mairie blanche et close, l'église, muette et noire, montrait sa grande porte de chêne garnie de ferrures de fer.

Alors, comme les habitants intrigués mettaient le nez aux fenêtres ou sortaient sur le seuil des maisons, le tambour soudain roula, et Torchebeuf apparut, battant avec fureur les trois coups précipités du rappel. Il traversa la place au pas de gymnastique, puis disparut dans le chemin des champs.

Le commandant tira son sabre, s'avança seul, à moitié distance environ entre les deux bâtiments où s'était barricadé l'ennemi et, agitant son arme au-dessus de sa tête, il mugit de toute la force de ses poumons :

« Vive la République ! Mort aux traîtres ! »

Puis il se replia vers ses officiers.

Le boucher, le boulanger et le pharmacien, inquiets, accrochèrent leurs volets et fermèrent leurs boutiques. Seul l'épicier demeura ouvert.

Cependant les hommes de la milice arrivaient peu à peu, vêtus diversement et tous coiffés d'un képi noir à galon rouge, le képi constituant tout l'uniforme du corps. Ils étaient armés de leurs vieux fusils rouillés, ces vieux fusils pendus depuis trente ans sur les cheminées des cuisines, et ils ressemblaient assez à un détachement de gardes champêtres.

Lorsqu'il en eut une trentaine autour de lui,

le commandant, en quelques mots, les mit au fait des événements ; puis, se tournant vers son état-major : « Maintenant, agissons », dit-il.

Les habitants se rassemblaient, examinaient et devisaient.

Le docteur eut vite arrêté son plan de campagne :

« Lieutenant Picart, vous allez vous avancer sous les fenêtres de cette mairie et sommer M. de Varnetot, au nom de la République, de me remettre la maison de ville. »

Mais le lieutenant, un maître maçon, refusa :

« Vous êtes encore un malin, vous. Pour me faire flanquer un coup de fusil, merci. Ils tirent bien ceux qui sont là-dedans, vous savez. Faites vos commissions vous-même. »

Le commandant devint rouge.

« Je vous ordonne d'y aller au nom de la discipline. »

Le lieutenant se révolta :

« Plus souvent que je me ferai casser la figure sans savoir pourquoi. »

Les notables, rassemblés en un groupe voisin, se mirent à rire. Un d'eux cria :

« T'as raison, Picart, c'est pas l'moment ! »

Le docteur, alors, murmura :

« Lâches ! »

Et, déposant son sabre et son revolver aux mains d'un soldat, il s'avança d'un pas lent, l'œil fixé sur les fenêtres, s'attendant à en voir sortir un canon de fusil braqué sur lui.

Comme il n'était qu'à quelques pas du bâtiment, les portes des deux extrémités donnant entrée dans les deux écoles s'ouvrirent, et un flot de petits êtres, garçons par-ci, filles par-là, s'en échappèrent et se mirent à jouer sur la grande place vide, piaillant, comme un troupeau d'oies, autour du docteur, qui ne pouvait se faire entendre.

Aussitôt les derniers élèves sortis, les deux portes s'étaient refermées.

Le gros des marmots enfin se dispersa, et le commandant appela d'une voix forte :

« Monsieur de Varnetot ? »

Une fenêtre du premier étage s'ouvrit. M. de Varnetot parut.

Le commandant reprit :

« Monsieur, vous savez les grands événements qui viennent de changer la face du gouvernement. Celui que vous représentiez n'est plus. Celui que je représente monte au pouvoir. En ces circonstances douloureuses, mais décisives, je viens vous demander, au nom de la nouvelle République, de remettre en mes mains les fonctions dont vous avez été investi par le précédent pouvoir. »

M. de Varnetot répondit :

« Monsieur le docteur, je suis maire de Canneville, nommé par l'autorité compétente [1], et je resterai maire de Canneville tant que je n'aurai pas été révoqué et remplacé par un arrêté de mes supérieurs. Maire, je suis chez moi dans la mairie, et j'y reste. Au surplus, essayez de m'en faire sortir. »

Et il referma la fenêtre.

Le commandant retourna vers sa troupe.

Mais, avant de s'expliquer, toisant du haut en bas le lieutenant Picart.

« Vous êtes un crâne, vous, un fameux lapin, la honte de l'armée. Je vous casse de votre grade. »

Le lieutenant répondit :

« Je m'en fiche un peu. »

Et il alla se mêler au groupe murmurant des habitants.

Alors le docteur hésita. Que faire ? Donner l'assaut ? Mais ses hommes marcheraient-ils ? Et puis, en avait-il le droit ?

Une idée l'illumina. Il courut au télégraphe dont le bureau faisait face à la mairie, de l'autre côté de la place. Et il expédia trois dépêches :

À MM. les membres du gouvernement républicain, à Paris ;

À M. le nouveau préfet républicain de la Seine-Inférieure, à Rouen ;

À M. le nouveau sous-préfet républicain de Dieppe[1].

Il exposait la situation, disait le danger couru par la commune demeurée aux mains de l'ancien maire monarchiste, offrait ses services dévoués, demandait des ordres et signait en faisant suivre son nom de tous ses titres.

Puis il revint vers son corps d'armée et, tirant dix francs de sa poche : « Tenez, mes amis, allez manger et boire un coup ; laissez seulement ici un détachement de dix hommes pour que personne ne sorte de la mairie. »

Mais l'ex-lieutenant Picart, qui causait avec l'horloger, entendit ; il se mit à ricaner et prononça : « Pardi, s'ils sortent, ce sera une occasion d'entrer. Sans ça, je ne vous vois pas encore là-dedans, moi ! »

Le docteur ne répondit pas, et il alla déjeuner.

Dans l'après-midi, il disposa des postes tout autour de la commune, comme si elle était menacée d'une surprise.

Il passa plusieurs fois devant les portes de la maison de ville et de l'église sans rien remarquer de suspect ; on aurait cru vides ces deux bâtiments.

Le boucher, le boulanger et le pharmacien rouvrirent leurs boutiques.

On jasait beaucoup dans les logis. Si l'empereur était prisonnier, il y avait quelque traîtrise là-dessous. On ne savait pas au juste laquelle des républiques[1] était revenue.

La nuit tomba.

Vers neuf heures, le docteur s'approcha seul, sans bruit, de l'entrée du bâtiment communal, persuadé que son adversaire était parti se coucher ; et, comme il se disposait à enfoncer la porte à coups de pioche, une voix forte, celle d'un garde, demanda tout à coup :

« Qui va là ? »

Et M. Massarel battit en retraite à toutes jambes.

Le jour se leva sans que rien fût changé dans la situation.

La milice en armes occupait la place. Tous les habitants s'étaient réunis autour de cette troupe, attendant une solution. Ceux des villages voisins arrivaient pour voir.

Alors, le docteur, comprenant qu'il jouait sa réputation, résolut d'en finir d'une manière ou d'une autre; et il allait prendre une résolution quelconque, énergique assurément, quand la porte du télégraphe s'ouvrit et la petite servante de la directrice parut, tenant à la main deux papiers.

Elle se dirigea d'abord vers le commandant et lui remit une des dépêches; puis, traversant le milieu désert de la place, intimidée par tous les yeux fixés sur elle, baissant la tête et trottant menu, elle alla frapper doucement à la maison barricadée, comme si elle eût ignoré qu'un parti armé s'y cachait.

L'huis s'entrebâilla: une main d'homme reçut le message, et la fillette revint, toute rouge, prête à pleurer, d'être dévisagée ainsi par le pays entier.

Le docteur demanda d'une voix vibrante:

«Un peu de silence, s'il vous plaît.»

Et comme le populaire s'était tu, il reprit fièrement:

«Voici la communication que je reçois du gouvernement.» Et, élevant sa dépêche, il lut:

«Ancien maire révoqué. Veuillez aviser au plus pressé. Recevrez instructions ultérieures.

«*Pour le sous-préfet,*
«SAPIN, conseiller.»

Il triomphait; son cœur battait de joie; ses mains tremblaient, mais Picart, son ancien subalterne, lui cria d'un groupe voisin:

« C'est bon, tout ça ; mais si les autres ne sortent pas, ça vous fait une belle jambe, votre papier. »

Et M. Massarel pâlit. Si les autres ne sortaient pas, en effet, il fallait aller de l'avant maintenant. C'était non seulement son droit, mais aussi son devoir.

Et il regardait anxieusement la mairie, espérant qu'il allait voir la porte s'ouvrir et son adversaire se replier.

La porte restait fermée. Que faire ? la foule augmentait, se serrait autour de la milice. On riait.

Une réflexion surtout torturait le médecin. S'il donnait l'assaut, il faudrait marcher à la tête de ses hommes ; et comme, lui mort, toute contestation cesserait, c'était sur lui, sur lui seul que tireraient M. de Varnetot et ses trois gardes. Et ils tiraient bien, très bien ; Picart venait encore de le lui répéter. Mais une idée l'illumina et, se tournant vers Pommel :

« Allez vite prier le pharmacien de me prêter une serviette et un bâton. »

Le lieutenant se précipita.

Il allait faire un drapeau parlementaire, un drapeau blanc dont la vue réjouirait peut-être le cœur légitimiste de l'ancien maire.

Pommel revint avec le linge demandé et un manche à balai. Au moyen de ficelles, on organisa cet étendard que M. Massarel saisit à deux mains ; et il s'avança de nouveau vers la mairie en le tenant devant lui. Lorsqu'il fut en face de la porte, il appela encore : « Monsieur de Varnetot. » La porte s'ouvrit soudain, et M. de Varnetot apparut sur le seuil avec ses trois gardes.

Le docteur recula par un mouvement instinctif; puis, il salua courtoisement son ennemi et prononça, étranglé par l'émotion : « Je viens, monsieur, vous communiquer les instructions que j'ai reçues. »

Le gentilhomme, sans lui rendre son salut, répondit : « Je me retire, monsieur, mais sachez bien que ce n'est ni par crainte, ni par obéissance à l'odieux gouvernement qui usurpe le pouvoir. » Et, appuyant sur chaque mot, il déclara : « Je ne veux pas avoir l'air de servir un seul jour la République. Voilà tout. »

Massarel, interdit, ne répondit rien; et M. de Varnetot, se mettant en marche d'un pas rapide, disparut au coin de la place, suivi toujours de son escorte.

Alors le docteur, éperdu d'orgueil, revint vers la foule. Dès qu'il fut assez près pour se faire entendre, il cria : « Hurrah ! hurrah ! La République triomphe sur toute la ligne. »

Aucune émotion ne se manifesta.

Le médecin reprit : « Le peuple est libre, vous êtes libres, indépendants. Soyez fiers ! »

Les villageois inertes le regardaient sans qu'aucune gloire illuminât leurs yeux.

À son tour, il les contempla, indigné de leur indifférence, cherchant ce qu'il pourrait dire, ce qu'il pourrait faire pour frapper un grand coup, électriser ce pays placide, remplir sa mission d'initiateur.

Mais une inspiration l'envahit et, se tournant

vers Pommel: « Lieutenant, allez chercher le buste de l'ex-empereur qui est dans la salle des délibérations du conseil municipal, et apportez-le avec une chaise. »

Et bientôt l'homme reparut portant sur l'épaule droite le Bonaparte de plâtre, et tenant de la main gauche une chaise de paille.

M. Massarel vint au-devant de lui, prit la chaise, la posa par terre, plaça dessus le buste blanc, puis se reculant de quelques pas, l'interpella d'une voix sonore :

« Tyran, tyran, te voici tombé, tombé dans la boue, tombé dans la fange. La patrie expirante râlait sous ta botte. Le Destin vengeur t'a frappé. La défaite et la honte se sont attachées à toi ; tu tombes vaincu, prisonnier du Prussien ; et, sur les ruines de ton empire croulant, la jeune et radieuse République se dresse, ramassant ton épée brisée... »

Il attendait des applaudissements. Aucun cri, aucun battement de mains n'éclata. Les paysans effarés se taisaient ; et le buste aux moustaches pointues qui dépassaient les joues de chaque côté, le buste immobile et bien peigné comme une enseigne de coiffeur, semblait regarder M. Massarel avec son sourire de plâtre, un sourire ineffaçable et moqueur.

Ils demeuraient ainsi face à face, Napoléon sur sa chaise, le médecin debout, à trois pas de lui. Une colère saisit le commandant. Mais que faire ? que faire pour émouvoir ce peuple et gagner définitivement cette victoire de l'opinion ?

Sa main, par hasard, se posa sur son ventre, et il rencontra, sous sa ceinture rouge, la crosse de son revolver.

Aucune inspiration, aucune parole ne lui venaient plus. Alors, il tira son arme, fit deux pas et, à bout portant, foudroya l'ancien monarque.

La balle creusa dans le front un petit trou noir, pareil à une tache, presque rien. L'effet était manqué. M. Massarel tira un second coup, qui fit un second trou, puis un troisième, puis, sans s'arrêter, il lâcha les trois derniers. Le front de Napoléon volait en poussière blanche, mais les yeux, le nez et les fines pointes des moustaches restaient intacts.

Alors, exaspéré, le docteur renversa la chaise d'un coup de poing et, appuyant un pied sur le reste du buste, dans une posture de triomphateur, il se tourna vers le public abasourdi en vociférant : « Périssent ainsi tous les traîtres ! »

Mais comme aucun enthousiasme ne se manifestait encore, comme les spectateurs semblaient stupides d'étonnement, le commandant cria aux hommes de la milice : « Vous pouvez maintenant regagner vos foyers. » Et il se dirigea lui-même à grands pas vers sa maison, comme s'il eût fui.

Sa bonne, dès qu'il parut, lui dit que des malades l'attendaient depuis plus de trois heures dans son cabinet. Il y courut. C'étaient les deux paysans aux varices, revenus dès l'aube, obstinés et patients.

Et le vieux aussitôt reprit son explication: « Ça a commencé par des fourmis qui me couraient censément le long des jambes… »

LE LOUP[1]

Voici ce que nous raconta le vieux marquis d'Arville à la fin du dîner de Saint-Hubert[2], chez le baron des Ravels.

On avait forcé un cerf dans le jour. Le marquis était le seul des convives qui n'eût point pris part à cette poursuite, car il ne chassait jamais.

Pendant toute la durée du grand repas, on n'avait guère parlé que de massacres d'animaux. Les femmes elles-mêmes s'intéressaient aux récits sanguinaires et souvent invraisemblables, et les orateurs mimaient les attaques et les combats d'hommes contre les bêtes, levaient les bras, contaient d'une voix tonnante.

M. d'Arville parlait bien, avec une certaine poésie un peu ronflante, mais pleine d'effet. Il avait dû répéter souvent cette histoire, car il la disait couramment, n'hésitant pas sur les mots choisis avec habileté pour faire image.

*

Messieurs, je n'ai jamais chassé, mon père non plus, mon grand-père non plus, et, non plus, mon arrière-grand-père. Ce dernier était fils d'un homme qui chassa plus que vous tous. Il mourut en 1764. Je vous dirai comment.

Il se nommait Jean, était marié, père de cet enfant qui fut mon trisaïeul, et il habitait avec son frère cadet, François d'Arville, notre château de Lorraine, en pleine forêt.

François d'Arville était resté garçon par amour de la chasse.

Ils chassaient tous deux d'un bout à l'autre de l'année, sans repos, sans arrêt, sans lassitude. Ils n'aimaient que cela, ne comprenaient pas autre chose, ne parlaient que de cela, ne vivaient que pour cela.

Ils avaient au cœur cette passion terrible, inexorable. Elle les brûlait, les ayant envahis tout entiers, ne laissant de place pour rien d'autre.

Ils avaient défendu qu'on les dérangeât jamais en chasse, pour aucune raison. Mon trisaïeul naquit pendant que son père suivait un renard, et Jean d'Arville n'interrompit point sa course, mais il jura : « Nom d'un nom, ce gredin-là aurait bien pu attendre après l'hallali ! »

Son frère François se montrait encore plus emporté que lui. Dès le lever, il allait voir les chiens, puis les chevaux, puis il tirait des oiseaux autour du château jusqu'au moment de partir pour forcer quelque grosse bête.

On les appelait dans le pays M. le marquis et M. le cadet, les nobles d'alors ne faisant point, comme la noblesse d'occasion de notre temps, qui veut établir dans les titres une hiérarchie descendante ; car le fils d'un marquis n'est pas plus comte, ni le fils d'un vicomte baron, que le fils d'un général n'est colonel de naissance. Mais la vanité mesquine du jour trouve profit à cet arrangement.

Je reviens à mes ancêtres.

Ils étaient, paraît-il, démesurément grands, osseux, poilus, violents et vigoureux. Le jeune, plus haut encore que l'aîné, avait une voix tellement forte que, suivant une légende dont il était fier, toutes les feuilles de la forêt s'agitaient quand il criait.

Et lorsqu'ils se mettaient en selle tous deux pour partir en chasse, ce devait être un spectacle superbe de voir ces deux géants enfourcher leurs grands chevaux.

Or, vers le milieu de l'hiver de cette année 1764, les froids furent excessifs et les loups devinrent féroces.

Ils attaquaient même les paysans attardés, rôdaient la nuit autour des maisons, hurlaient du coucher du soleil à son lever et dépeuplaient les étables.

Et bientôt une rumeur circula. On parlait d'un loup colossal, au pelage gris, presque blanc, qui avait mangé deux enfants, dévoré le bras d'une femme, étranglé tous les chiens de garde du pays et qui pénétrait sans peur dans les enclos pour venir flairer sous les portes. Tous les habitants affirmaient avoir senti son souffle qui faisait vaciller la flamme des lumières. Et bientôt une panique courut par toute la province. Personne n'osait plus sortir dès que tombait le soir. Les ténèbres semblaient hantées par l'image de cette bête...

Les frères d'Arville résolurent de la trouver et de la tuer, et ils convièrent à de grandes chasses tous les gentilshommes du pays.

Ce fut en vain. On avait beau battre les forêts, fouiller les buissons, on ne la rencontrait jamais. On tuait des loups, mais pas celui-là. Et, chaque nuit qui suivait la battue, l'animal, comme pour se venger, attaquait quelque voyageur ou dévorait quelque bétail, toujours loin du lieu où on l'avait cherché.

Une nuit enfin, il pénétra dans l'étable aux porcs du château d'Arville et mangea les deux plus beaux élèves.

Les deux frères furent enflammés de colère, considérant cette attaque comme une bravade du monstre, une injure directe, un défi. Ils prirent tous leurs forts limiers habitués à poursuivre les bêtes redoutables, et ils se mirent en chasse, le cœur soulevé de fureur.

Depuis l'aurore jusqu'à l'heure où le soleil empourpré descendit derrière les grands arbres nus, ils battirent les fourrés sans rien trouver.

Tous deux enfin, furieux et désolés, revenaient au pas de leurs chevaux par une allée bordée de broussailles, et s'étonnaient de leur science déjouée par ce loup, saisis soudain d'une sorte de crainte mystérieuse.

L'aîné disait :

« Cette bête-là n'est point ordinaire. On dirait qu'elle pense comme un homme. »

Le cadet répondit :

« On devrait peut-être faire bénir une balle par notre cousin l'évêque, ou prier quelque prêtre de prononcer les paroles qu'il faut. »

Puis ils se turent.

Jean reprit :

« Regarde le soleil s'il est rouge. Le grand loup va faire quelque malheur cette nuit. »

Il n'avait point fini de parler que son cheval se cabra ; celui de François se mit à ruer. Un large buisson couvert de feuilles mortes s'ouvrit devant eux, et une bête colossale, toute grise, surgit, qui détala à travers le bois.

Tous deux poussèrent une sorte de grognement de joie, et, se courbant sur l'encolure de leurs pesants chevaux, ils les jetèrent en avant d'une poussée de tout leur corps, les lançant d'une telle allure, les excitant, les entraînant, les affolant de la voix, du geste et de l'éperon, que les forts cavaliers semblaient porter les lourdes bêtes entre leurs cuisses et les enlever comme s'ils s'envolaient[1].

Ils allaient ainsi, ventre à terre, crevant les fourrés, coupant les ravins, grimpant les côtes, dévalant les gorges, et sonnant du cor à pleins poumons pour attirer leurs gens et leurs chiens.

Et voilà que soudain, dans cette course éperdue, mon aïeul heurta du front une branche énorme qui lui fendit le crâne ; et il tomba raide mort sur le sol, tandis que son cheval affolé s'emportait, disparaissait dans l'ombre enveloppant les bois.

Le cadet d'Arville s'arrêta net, sauta par terre, saisit dans ses bras son frère, et il vit que la cervelle coulait de la plaie avec le sang.

Alors il s'assit auprès du corps, posa sur ses genoux la tête défigurée et rouge, et il attendit en contemplant cette face immobile de l'aîné. Peu à peu une peur l'envahissait, une peur singulière qu'il n'avait jamais sentie encore, la peur de l'ombre, la peur de la solitude, la peur du bois désert et la peur aussi du loup fantastique qui venait de tuer son frère pour se venger d'eux.

Les ténèbres s'épaississaient, le froid aigu faisait craquer les arbres. François se leva, frissonnant, incapable de rester là plus longtemps, se sentant presque défaillir. On n'entendait plus rien, ni la voix des chiens ni le son des cors, tout était muet par l'invisible horizon ; et ce silence morne du soir glacé avait quelque chose d'effrayant et d'étrange.

Il saisit dans ses mains de colosse le grand corps de Jean, le dressa et le coucha sur la selle pour le reporter au château ; puis il se remit en marche doucement, l'esprit troublé comme s'il était gris, poursuivi par des images horribles et surprenantes.

Et, brusquement, dans le sentier qu'envahissait la nuit, une grande forme passa. C'était la bête. Une secousse d'épouvante agita le chasseur ; quelque chose de froid, comme une goutte d'eau, lui glissa le long des reins, et il fit, ainsi qu'un moine hanté du diable, un grand signe de croix, éperdu à ce retour brusque de l'effrayant rôdeur. Mais ses yeux retombèrent sur le corps inerte couché devant lui, et soudain, passant brusquement de la crainte à la colère, il frémit d'une rage désordonnée.

Alors il piqua son cheval et s'élança derrière le loup.

Il le suivait par les taillis, les ravines et les futaies, traversant des bois qu'il ne reconnaissait plus, l'œil fixé sur la tache blanche qui fuyait dans la nuit descendue sur la terre.

Son cheval aussi semblait animé d'une force et d'une ardeur inconnues. Il galopait le cou tendu, droit devant lui, heurtant aux arbres, aux rochers, la tête et les pieds du mort jeté en travers sur la selle. Les ronces arrachaient les cheveux : le front, battant les troncs énormes, les éclaboussait de sang ; les éperons déchiraient des lambeaux d'écorce.

Et soudain, l'animal et le cavalier sortirent de la forêt et se ruèrent dans un vallon, comme la lune apparaissait au-dessus des monts. Ce vallon était pierreux, fermé par des roches énormes, sans issue possible ; et le loup acculé se retourna.

François alors poussa un hurlement de joie que les échos répétèrent comme un roulement de tonnerre, et il sauta de cheval, son coutelas à la main.

La bête hérissée, le dos rond, l'attendait ; ses yeux luisaient comme deux étoiles. Mais, avant de livrer bataille, le fort chasseur, empoignant son frère, l'assit sur une roche, et, soutenant avec des pierres sa tête qui n'était plus qu'une tache de sang, il lui cria dans les oreilles, comme s'il eût parlé à un sourd : « Regarde, Jean, regarde ça ! »

Puis il se jeta sur le monstre. Il se sentait fort à culbuter une montagne, à broyer des pierres dans ses mains. La bête le voulut mordre, cherchant à lui fouiller le ventre ; mais il l'avait saisie par le cou, sans même se servir de son arme, et il l'étranglait doucement, écoutant s'arrêter les souffles de sa gorge et les battements de son cœur. Et il riait, jouissant éperdument, serrant de plus en plus sa formidable étreinte, criant, dans un délire de joie : « Regarde, Jean, regarde ! » Toute résistance cessa ; le corps du loup devint flasque. Il était mort.

Alors François, le prenant à pleins bras, l'emporta et le vint jeter aux pieds de l'aîné en répétant d'une voix attendrie : « Tiens, tiens, tiens, mon petit Jean, le voilà ! »

Puis il replaça sur sa selle les deux cadavres l'un sur l'autre : et il se remit en route.

Il rentra au château, riant et pleurant, comme Gargantua à la naissance de Pantagruel[1], poussant des cris de triomphe et trépignant d'allégresse en racontant la mort de l'animal, et gémissant et s'arrachant la barbe en disant celle de son frère.

Et souvent, plus tard, quand il reparlait de ce jour, il prononçait, les larmes aux yeux : « Si seulement ce pauvre Jean avait pu me voir étrangler l'autre, il serait mort content, j'en suis sûr ! »

La veuve de mon aïeul inspira à son fils orphelin l'horreur de la chasse, qui s'est transmise de père en fils jusqu'à moi.

*

Le marquis d'Arville se tut. Quelqu'un demanda :

« Cette histoire est une légende, n'est-ce pas ? »

Et le conteur répondit :

« Je vous jure qu'elle est vraie d'un bout à l'autre. »

Alors une femme déclara d'une petite voix douce :

« C'est égal, c'est beau d'avoir des passions pareilles. »

L'ENFANT[1]

Après avoir longtemps juré qu'il ne se marierait jamais, Jacques Bourdillère avait soudain changé d'avis. Cela était arrivé brusquement, un été, aux bains de mer.

Un matin, comme il était étendu sur le sable, tout occupé à regarder les femmes sortir de l'eau, un petit pied l'avait frappé par sa gentillesse et sa mignardise. Ayant levé les yeux plus haut, toute la personne le séduisit. De toute cette personne, il ne voyait d'ailleurs que les chevilles et la tête émergeant d'un peignoir de flanelle blanche, clos avec soin. On le disait sensuel et viveur. C'est donc par la seule grâce de la forme qu'il fut capté d'abord; puis il fut retenu par le charme d'un doux esprit de jeune fille, simple et bon, frais comme les joues et les lèvres.

Présenté à la famille, il plut et il devint bientôt fou d'amour. Quand il apercevait Berthe Lannis de loin, sur la longue plage de sable jaune, il frémissait jusqu'aux cheveux. Près d'elle, il devenait muet, incapable de rien dire et même de penser, avec une espèce de bouillonnement dans le cœur, de bourdonnement dans l'oreille, d'effarement dans l'esprit. Était-ce donc de l'amour, cela ?

Il ne le savait, n'y comprenait rien, mais demeurait, en tout cas, bien décidé à faire sa femme de cette enfant.

Les parents hésitèrent longtemps, retenus par la mauvaise réputation du jeune homme. Il avait une maîtresse, disait-on, une *vieille maîtresse*[1], une ancienne et forte liaison, une de ces chaînes qu'on croit rompues et qui tiennent toujours.

Outre cela, il aimait, pendant des périodes plus ou moins longues, toutes les femmes qui passaient à portée de ses lèvres.

Alors il se rangea, sans consentir même à revoir une seule fois celle avec qui il avait vécu longtemps. Un ami régla la pension de cette femme, assura son existence. Jacques paya, mais ne voulut pas entendre parler d'elle, prétendant désormais ignorer jusqu'à son nom. Elle écrivit des lettres sans qu'il les ouvrît. Chaque semaine, il reconnaissait l'écriture maladroite de l'abandonnée ; et, chaque semaine, une colère plus grande lui venait contre elle, et il déchirait brusquement l'enveloppe et le papier, sans ouvrir, sans lire une ligne, une seule ligne, sachant d'avance les reproches et les plaintes contenus là-dedans.

Comme on ne croyait guère à sa persévérance, on fit durer l'épreuve tout l'hiver, et c'est seulement au printemps que sa demande fut agréée.

Le mariage eut lieu à Paris dans les premiers jours de mai.

Il était décidé qu'ils ne feraient point le classique voyage de noces. Après un petit bal, une sauterie de jeunes cousines qui ne se prolongerait point au-delà de onze heures, pour ne pas éterniser les fatigues de cette longue journée de cérémonie, les jeunes époux devaient passer leur première nuit commune dans la maison familiale, puis partir seuls, le lendemain matin, pour la plage chère à leurs cœurs, où ils s'étaient connus et aimés.

La nuit était venue, on dansait dans le grand salon. Ils s'étaient retirés tous les deux dans un petit boudoir japonais, tendu de soies éclatantes, à peine éclairé, ce soir-là, par les rayons alanguis d'une grosse lanterne de couleur, pendue au plafond comme un œuf énorme. La fenêtre entrouverte laissait entrer parfois des souffles frais du dehors, des caresses d'air qui passaient sur les visages, car la soirée était tiède et calme, pleine d'odeurs de printemps.

Ils ne disaient rien ; ils se tenaient les mains en se les pressant parfois de toute leur force. Elle demeurait, les yeux vagues, un peu éperdue par ce grand changement dans sa vie, mais souriante, remuée, prête à pleurer, souvent prête aussi à défaillir de joie, croyant le monde entier changé par ce qui lui arrivait, inquiète sans savoir de quoi, et sentant tout son corps, toute son âme envahis d'une indéfinissable et délicieuse lassitude.

Lui la regardait obstinément, souriant d'un

sourire fixe. Il voulait parler, ne trouvait rien et restait là, mettant toute son ardeur en des pressions de mains. De temps en temps, il murmurait : « Berthe ! » et chaque fois elle levait les yeux sur lui d'un regard doux et tendre ; ils se contemplaient une seconde, puis son regard à elle, pénétré et fasciné par son regard à lui, retombait.

Ils ne découvraient aucune pensée à échanger. On les laissait seuls ; mais, parfois, un couple de danseurs jetait sur eux, en passant, un coup d'œil furtif, comme s'il eût été témoin discret et confident d'un mystère.

Une porte de côté s'ouvrit, un domestique entra, tenant sur un plateau une lettre pressée qu'un commissionnaire venait d'apporter. Jacques prit en tremblant ce papier, saisi d'une peur vague et soudaine, la peur mystérieuse des brusques malheurs.

Il regarda longtemps l'enveloppe dont il ne connaissait point l'écriture, n'osant pas l'ouvrir, désirant follement ne pas lire, ne pas savoir, mettre en poche cela, et se dire : « À demain. Demain, je serai loin, peu m'importe ! » Mais, sur un coin, deux grands mots soulignés : TRÈS URGENT, le retenaient et l'épouvantaient. Il demanda : « Vous permettez, mon amie ? » déchira la feuille collée et lut. Il lut le papier, pâlissant affreusement, le parcourut d'un coup et, lentement, sembla l'épeler.

Quand il releva la tête, toute sa face était bouleversée. Il balbutia : « Ma chère petite, c'est... c'est mon meilleur ami à qui il arrive un grand, un très grand malheur. Il a besoin de moi tout de suite... tout de suite... pour une affaire de vie ou de mort. Me permettez-vous de m'absenter vingt minutes ? Je reviens aussitôt. »

Elle bégaya, tremblante, effarée : « Allez, mon ami ! » n'étant pas encore assez sa femme pour oser l'interroger, pour exiger savoir. Et il disparut. Elle resta seule, écoutant danser dans le salon voisin.

Il avait pris un chapeau, le premier trouvé, un pardessus quelconque, et il descendit en courant l'escalier. Au moment de sauter dans la rue, il s'arrêta encore sous le bec de gaz du vestibule et relut la lettre.

Voici ce qu'elle disait :

« Monsieur,

« Une fille Ravet, votre ancienne maîtresse, paraît-il, vient d'accoucher d'un enfant qu'elle prétend être à vous. La mère va mourir et implore votre visite. Je prends la liberté de vous écrire et de vous demander si vous pouvez accorder ce dernier entretien à cette femme, qui semble être très malheureuse et digne de pitié.

« Votre serviteur,

« DOCTEUR BONNARD. »

Quand il pénétra dans la chambre de la mourante, elle agonisait déjà. Il ne la reconnut pas d'abord. Le médecin et deux gardes la soignaient, et partout à terre traînaient des seaux pleins de glace et des linges pleins de sang.

L'eau répandue inondait le parquet; deux bougies brûlaient sur un meuble; derrière le lit, dans un petit berceau d'osier, l'enfant criait, et, à chacun de ses vagissements, la mère, torturée, essayait un mouvement, grelottante sous les compresses gelées.

Elle saignait; elle saignait, blessée à mort, tuée par cette naissance. Toute sa vie coulait; et, malgré la glace, malgré les soins, l'invincible hémorragie continuait, précipitait son heure dernière.

Elle reconnut Jacques et voulut lever les bras: elle ne put pas, tant ils étaient faibles, mais sur ses joues livides des larmes commencèrent à glisser.

Il s'abattit à genoux près du lit, saisit une main pendante et la baisa frénétiquement; puis, peu à peu, il s'approcha tout près, tout près du maigre visage qui tressaillait à son contact. Une des gardes, debout, une bougie à la main, les éclairait, et le médecin, s'étant reculé, regardait du fond de la chambre.

Alors d'une voix lointaine, en haletant, elle dit: « Je vais mourir, mon chéri; promets-moi de rester jusqu'à la fin. Oh! ne me quitte pas maintenant, ne me quitte pas au dernier moment! »

Il la baisait au front, dans ses cheveux, en sanglotant. Il murmura: « Sois tranquille, je vais rester. »

Elle fut quelques minutes avant de pouvoir parler encore, tant elle était oppressée et défaillante. Elle reprit: « C'est à toi, le petit. Je te le jure devant Dieu, je te le jure sur mon âme, je te le jure au moment de mourir. Je n'ai pas aimé d'autre homme que toi... Promets-moi de ne pas l'abandonner. » Il essayait de prendre encore dans ses bras ce misérable corps déchiré, vidé de sang. Il balbutia, affolé de remords et de chagrin : « Je te le jure, je l'élèverai et je l'aimerai. Il ne me quittera pas. » Alors elle tenta d'embrasser Jacques. Impuissante à lever sa tête épuisée, elle tendait ses lèvres blanches dans un appel de baiser. Il approcha sa bouche pour cueillir cette lamentable et suppliante caresse.

Un peu calmée, elle murmura tout bas : « Apporte-le, que je vois si tu l'aimes. »

Et il alla chercher l'enfant.

Il le posa doucement sur le lit, entre eux, et le petit être cessa de pleurer. Elle murmura : « Ne bouge plus ! » Et il ne remua plus. Il resta là, tenant en sa main brûlante cette main que secouaient des frissons d'agonie, comme il avait tenu, tout à l'heure, une autre main que crispaient des frissons d'amour. De temps en temps, il regardait l'heure, d'un coup d'œil furtif, guettant l'aiguille qui passait minuit, puis une heure, puis deux heures.

Le médecin s'était retiré ; les deux gardes, après avoir rôdé quelque temps, d'un pas léger, par la chambre, sommeillaient maintenant sur des chaises. L'enfant dormait, et la mère, les yeux fermés, semblait se reposer aussi.

Tout à coup, comme le jour blafard filtrait entre les rideaux croisés, elle tendit ses bras d'un mouvement si brusque et si violent qu'elle faillit jeter à terre son enfant. Une espèce de râle se glissa dans sa gorge ; puis elle demeura sur le dos, immobile, morte.

Les gardes accourues déclarèrent : « C'est fini. »

Il regarda une dernière fois cette femme qu'il avait aimée, puis la pendule qui marquait quatre heures, et s'enfuit oubliant son pardessus, en habit noir, avec l'enfant dans ses bras.

Après qu'il l'eut laissée seule, sa jeune femme avait attendu, assez calme d'abord, dans le petit boudoir japonais. Puis, ne le voyant point reparaître, elle était rentrée dans le salon, d'un air indifférent et tranquille, mais inquiète horriblement. Sa mère, l'apercevant seule, avait demandé : « Où donc est ton mari ? » Elle avait répondu : « Dans sa chambre ; il va revenir. »

Au bout d'une heure, comme tout le monde l'interrogeait, elle avoua la lettre et la figure bouleversée de Jacques, et ses craintes d'un malheur.

On attendit encore. Les invités partirent ; seuls, les parents les plus proches demeuraient. À minuit, on coucha la mariée toute secouée de sanglots. Sa mère et deux tantes, assises autour du lit, l'écoutaient pleurer, muettes et désolées... Le père était parti chez le commissaire de police pour chercher des renseignements.

À cinq heures, un bruit léger glissa dans le corridor ; une porte s'ouvrit et se ferma doucement ; puis soudain un petit cri pareil à un miaulement de chat courut dans la maison silencieuse.

Toutes les femmes furent debout d'un bond, et Berthe, la première, s'élança, malgré sa mère et ses tantes, enveloppée de son peignoir de nuit.

Jacques, debout au milieu de la chambre, livide, haletant, tenait un enfant dans ses bras.

Les quatre femmes le regardèrent effarées; mais Berthe, devenue soudain téméraire, le cœur crispé d'angoisse, courut à lui: « Qu'y a-t-il? dites, qu'y a-t-il? »

Il avait l'air fou; il répondit d'une voix saccadée: « Il y a… il y a… que j'ai un enfant, et que la mère vient de mourir… » Et il présentait dans ses mains inhabiles le marmot hurlant.

Berthe, sans dire un mot, saisit l'enfant, l'embrassa, l'étreignant contre elle; puis, relevant sur son mari ses yeux pleins de larmes: « La mère est morte, dites-vous? » Il répondit: « Oui, tout de suite… dans mes bras… J'avais rompu depuis l'été… Je ne savais rien, moi… C'est le médecin qui m'a fait venir… »

Alors Berthe murmura: « Eh bien, nous l'élèverons, ce petit[1]. »

CONTE DE NOËL[1]

Le docteur Bonenfant cherchait dans sa mémoire, répétant à mi-voix : « Un souvenir de Noël ?… Un souvenir de Noël ?… »

Et tout à coup, il s'écria :

« Mais si, j'en ai un, et un bien étrange encore ; c'est une histoire fantastique. J'ai vu un miracle ! Oui, mesdames, un miracle, la nuit de Noël. »

*

Cela vous étonne de m'entendre parler ainsi, moi qui ne crois guère à rien. Et pourtant j'ai vu un miracle ! Je l'ai vu, dis-je, vu, de mes propres yeux vu, ce qui s'appelle vu[2].

En ai-je été fort surpris ? non pas ; car si je ne crois point à vos croyances, je crois à la foi, et je sais qu'elle transporte les montagnes. Je pourrais citer bien des exemples ; mais je vous indignerais et je m'exposerais aussi à amoindrir l'effet de mon histoire.

Je vous avouerai d'abord que si je n'ai pas

été fort convaincu et converti par ce que j'ai vu, j'ai été du moins fort ému, et je vais tâcher de vous dire la chose naïvement, comme si j'avais une crédulité d'Auvergnat.

J'étais alors médecin de campagne, habitant le bourg de Rolleville[1], en pleine Normandie.

L'hiver cette année-là, fut terrible. Dès la fin de novembre, les neiges arrivèrent après une semaine de gelées. On voyait de loin les gros nuages venir du nord ; et la blanche descente des flocons commença.

En une nuit, toute la plaine fut ensevelie.

Les fermes, isolées dans leurs cours carrées, derrière leurs rideaux de grands arbres poudrés de frimas, semblaient s'endormir sous l'accumulation de cette mousse épaisse et légère.

Aucun bruit ne traversait plus la campagne immobile. Seuls les corbeaux, par bandes, décrivaient de longs festons dans le ciel, cherchant leur vie inutilement, s'abattant tous ensemble sur les champs livides et piquant la neige de leurs grands becs.

On n'entendait rien que le glissement vague et continu de cette poussière tombant toujours.

Cela dura huit jours pleins, puis l'avalanche s'arrêta. La terre avait sur le dos un manteau épais de cinq pieds.

Et, pendant trois semaines ensuite, un ciel, clair comme un cristal bleu le jour, et, la nuit, tout semé d'étoiles qu'on aurait crues de givre, tant le vaste espace était rigoureux, s'étendit sur la nappe unie, dure et luisante des neiges.

La plaine, les haies, les ormes des clôtures,

tout semblait mort, tué par le froid. Ni hommes ni bêtes ne sortaient plus : seules les cheminées des chaumières en chemise blanche révélaient la vie cachée, par les minces filets de fumée qui montaient droit dans l'air glacial.

De temps en temps on entendait craquer les arbres, comme si leurs membres de bois se fussent brisés sous l'écorce ; et, parfois, une grosse branche se détachait et tombait, l'invincible gelée pétrifiant la sève et cassant les fibres[1].

Les habitations semées çà et là par les champs semblaient éloignées de cent lieues les unes des autres. On vivait comme on pouvait. Seul, j'essayais d'aller voir mes clients les plus proches, m'exposant sans cesse à rester enseveli dans quelque creux.

Je m'aperçus bientôt qu'une terreur mystérieuse planait sur le pays. Un tel fléau, pensait-on, n'était point naturel. On prétendit qu'on entendait des voix la nuit, des sifflements aigus, des cris qui passaient.

Ces cris et ces sifflements venaient sans aucun doute des oiseaux émigrants qui voyagent au crépuscule, et qui fuyaient en masse vers le sud. Mais allez donc faire entendre raison à des gens affolés. Une épouvante envahissait les esprits et on s'attendait à un événement extraordinaire.

La forge du père Vatinel était située au bout du hameau d'Épivent[2], sur la grande route, maintenant invisible et déserte. Or, comme les gens manquaient de pain, le forgeron résolut d'aller jusqu'au village. Il resta quelques heures à causer dans les six maisons qui forment le centre du pays, prit son pain et des nouvelles, et un peu de cette peur épandue sur la campagne.

Et il se remit en route avant la nuit.

Tout à coup, en longeant une haie, il crut voir un œuf sur la neige ; oui, un œuf déposé là, tout blanc comme le reste du monde. Il se pencha, c'était un œuf en effet. D'où venait-il ? Quelle poule avait pu sortir du poulailler et venir pondre en cet endroit ? Le forgeron s'étonna, ne comprit pas ; mais il ramassa l'œuf et le porta à sa femme.

« Tiens, la maîtresse, v'là un œuf que j'ai trouvé sur la route ! »

La femme hocha la tête :

« Un œuf sur la route ? Par ce temps-ci, t'es soûl, bien sûr ?

— Mais non, la maîtresse, même qu'il était au pied d'une haie, et encore chaud, pas gelé. Le v'là, j'me l'ai mis sur l'estomac pour qui n'refroidisse pas. Tu le mangeras pour ton dîner. »

L'œuf fut glissé dans la marmite où mijotait la soupe, et le forgeron se mit à raconter ce qu'on disait par la contrée.

La femme écoutait, toute pâle.

« Pour sûr que j'ai entendu des sifflets l'autre nuit, même qu'ils semblaient v'nir de la cheminée. »

On se mit à table, on mangea la soupe d'abord, puis, pendant que le mari étendait du beurre sur son pain, la femme prit l'œuf et l'examina d'un œil méfiant.

« Si y avait quéque chose dans c't'œuf ?

— Qué que tu veux qu'y ait ?

— J'sais ti, mé ?

— Allons, mange-le, et fais pas la bête. »

Elle ouvrit l'œuf. Il était comme tous les œufs, et bien frais.

Elle se mit à le manger en hésitant, le goûtant, le laissant, le reprenant. Le mari disait :

« Eh bien ! qué goût qu'il a, c't'œuf ? »

Elle ne répondit pas et elle acheva de l'avaler ; puis, soudain, elle planta sur son homme des yeux fixes, hagards, affolés ; leva les bras, les tordit et, convulsée de la tête aux pieds, roula par terre en poussant des cris horribles.

Toute la nuit elle se débattit en des spasmes épouvantables, secouée de tremblements effrayants, déformée par de hideuses convulsions. Le forgeron, impuissant à la tenir, fut obligé de la lier.

Et elle hurlait sans repos, d'une voix infatigable :

« J'l'ai dans l'corps ! J'l'ai dans l'corps ! »

Je fus appelé le lendemain. J'ordonnai tous les calmants connus sans obtenir le moindre résultat. Elle était folle.

Alors, avec une incroyable rapidité, malgré l'obstacle des hautes neiges, la nouvelle, une nouvelle étrange, courut de ferme en ferme : « La femme au forgeron qu'est possédée ! » Et on venait de partout, sans oser pénétrer dans la maison ; on écoutait de loin ses cris affreux poussés d'une voix si forte qu'on ne les aurait pas crus d'une créature humaine.

Le curé du village fut prévenu. C'était un vieux prêtre naïf. Il accourut en surplis comme pour administrer un mourant et il prononça, en étendant les mains, les formules d'exorcisme, pendant que quatre hommes maintenaient sur un lit la femme écumante et tordue.

Mais l'esprit ne fut point chassé.

Et la Noël arriva sans que le temps eût changé.

La veille au matin, le prêtre vint me trouver :

« J'ai envie, dit-il, de faire assister à l'office de cette nuit cette malheureuse. Peut-être Dieu fera-t-il un miracle en sa faveur, à l'heure même où il naquit d'une femme. »

Je répondis au curé :

« Je vous approuve absolument, monsieur l'abbé. Si elle a l'esprit frappé par la cérémonie (et rien n'est plus propice à l'émouvoir), elle peut être sauvée sans autre remède. »

Le vieux prêtre murmura :

« Vous n'êtes pas croyant, docteur, mais aidez-moi, n'est-ce pas ? Vous vous chargez de l'amener ? »

Et je lui promis mon aide.

Le soir vint, puis la nuit ; et la cloche de l'église se mit à sonner, jetant sa voix plaintive à travers l'espace morne, sur l'étendue blanche et glacée des neiges.

Des êtres noirs s'en venaient lentement, par groupes, dociles au cri d'airain du clocher. La pleine lune éclairait d'une lueur vive et blafarde tout l'horizon, rendait plus visible la pâle désolation des champs.

J'avais pris quatre hommes robustes et je me rendis à la forge.

La Possédée hurlait toujours, attachée à sa couche. On la vêtit proprement malgré sa résistance éperdue, et on l'emporta.

L'église était maintenant pleine de monde, illuminée et froide ; les chantres poussaient leurs notes monotones ; le serpent[1] ronflait ; la petite sonnette de l'enfant de chœur tintait, réglant les mouvements des fidèles.

J'enfermai la femme et ses gardiens dans la cuisine du presbytère, et j'attendis le moment que je croyais favorable.

Je choisis l'instant qui suit la communion. Tous les paysans, hommes et femmes, avaient reçu leur Dieu pour fléchir sa rigueur. Un grand silence planait pendant que le prêtre achevait le mystère divin.

Sur mon ordre, la porte fut ouverte et mes quatre aides apportèrent la folle.

Dès qu'elle aperçut les lumières, la foule à genoux, le chœur en feu et le tabernacle doré, elle se débattit d'une telle vigueur, qu'elle faillit nous échapper, et elle poussa des clameurs si aiguës qu'un frisson d'épouvante passa dans l'église ; toutes les têtes se relevèrent ; des gens s'enfuirent.

Elle n'avait plus la forme d'une femme, crispée et tordue en nos mains, le visage contourné, les yeux fous.

On la traîna jusqu'aux marches du chœur et puis on la tint fortement accroupie à terre.

Le prêtre s'était levé ; il attendait. Dès qu'il la vit arrêtée, il prit en ses mains l'ostensoir ceint de rayons d'or, avec l'hostie blanche au milieu, et, s'avançant de quelques pas, il l'éleva de ses deux bras tendus au-dessus de sa tête, le présentant aux regards effarés de la Démoniaque.

Elle hurlait toujours, l'œil fixé, tendu sur cet objet rayonnant[1].

Et le prêtre demeurait tellement immobile qu'on l'aurait pris pour une statue.

Et cela dura longtemps, longtemps.

La femme semblait saisie de peur, fascinée ; elle contemplait fixement l'ostensoir, secouée encore de tremblements terribles, mais passagers, et criant toujours, mais d'une voix moins déchirante.

Et cela dura encore longtemps.

On eût dit qu'elle ne pouvait plus baisser les yeux, qu'ils étaient rivés sur l'hostie ; elle ne faisait plus que gémir ; et son corps raidi s'amollissait, s'affaissait.

Toute la foule était prosternée le front par terre.

La Possédée maintenant baissait rapidement les paupières, puis les relevait aussitôt, comme impuissante à supporter la vue de son Dieu. Elle s'était tue. Et puis soudain, je m'aperçus que ses yeux demeuraient clos. Elle dormait du sommeil des somnambules, hypnotisée, pardon ! vaincue par la contemplation persistante de l'ostensoir aux rayons d'or, terrassée par le Christ victorieux.

On l'emporta, inerte, pendant que le prêtre remontait vers l'autel.

L'assistance bouleversée entonna un *Te Deum* d'actions de grâces.

Et la femme du forgeron dormit quarante heures de suite, puis se réveilla sans aucun souvenir de la possession ni de la délivrance.

Voilà, mesdames, le miracle que j'ai vu.

*

Le docteur Bonenfant se tut, puis ajouta d'une voix contrariée : « Je n'ai pu refuser de l'attester par écrit. »

LA REINE HORTENSE[1]

On l'appelait, dans Argenteuil[2], la reine Hortense[3]. Personne ne sut jamais pourquoi. Peut-être parce qu'elle parlait ferme comme un officier qui commande ? Peut-être parce qu'elle était grande, osseuse, impérieuse ? Peut-être parce qu'elle gouvernait un peuple de bêtes domestiques, poules, chiens, chats, serins et perruches, de ces bêtes chères aux vieilles filles ? Mais elle n'avait pour ces animaux familiers ni gâteries, ni mots mignards, ni ces puériles tendresses qui semblent couler des lèvres des femmes sur le poil velouté du chat qui ronronne. Elle gouvernait ses bêtes avec autorité, elle régnait.

C'était une vieille fille, en effet, une de ces vieilles filles à la voix cassante, au geste sec, dont l'âme semble dure. Elle[4] n'admettait jamais ni contradiction, ni réplique, ni hésitation, ni nonchalance, ni paresse, ni fatigue. Jamais on ne l'avait entendue se plaindre, regretter quoi que ce fût, envier n'importe qui. Elle disait « Chacun sa part » avec une conviction de fataliste. Elle n'allait pas à l'église, n'aimait pas les prêtres, ne croyait guère à Dieu, appelant toutes les choses religieuses de la « marchandise à pleureurs. »

Depuis trente ans qu'elle habitait sa petite maison, précédée d'un petit jardin longeant la rue, elle n'avait jamais modifié ses habitudes, ne changeant que ses bonnes impitoyablement, lorsqu'elles prenaient vingt et un ans.

Elle remplaçait sans larmes et sans regrets ses chiens, ses chats et ses oiseaux quand ils mouraient de vieillesse ou d'accident, et elle enterrait les animaux trépassés dans une plate-bande, au moyen d'une petite bêche, puis tassait la terre dessus de quelques coups de pied indifférents.

Elle avait dans la ville quelques connaissances, des familles d'employés dont les hommes allaient à Paris tous les jours. De temps en temps, on l'invitait à venir prendre une tasse de thé le soir. Elle s'endormait inévitablement dans ces réunions, il fallait la réveiller pour qu'elle retournât chez elle. Jamais elle ne permit à personne de l'accompagner, n'ayant peur ni le jour ni la nuit. Elle ne semblait pas aimer les enfants.

Elle occupait son temps à mille besognes de mâle, menuisant, jardinant, coupant le bois avec la scie ou la hache, réparant sa maison vieillie, maçonnant même quand il le fallait.

Elle avait des parents qui la venaient voir deux fois l'an ; les Cimme et les Colombel, ses deux sœurs ayant épousé l'une un herboriste, l'autre un petit rentier. Les Cimme n'avaient pas de descendants ; les Colombel en possédaient trois : Henri, Pauline et Joseph. Henri avait vingt ans, Pauline dix-sept et Joseph trois ans seulement, étant venu alors qu'il semblait impossible que sa mère fût encore fécondée.

Aucune tendresse n'unissait la vieille fille à ses parents.

Au printemps de l'année 1882, la reine Hortense tomba malade tout à coup. Les voisins allèrent chercher un médecin qu'elle chassa. Un prêtre s'étant alors présenté, elle sortit de son lit à moitié nue pour le jeter dehors.

La petite bonne, éplorée, lui faisait de la tisane.

Après trois jours de lit, la situation parut devenir si grave, que le tonnelier d'à côté, d'après le conseil du médecin, rentré d'autorité dans la maison, prit sur lui d'appeler les deux familles.

Elles arrivèrent par le même train vers dix heures du matin, les Colombel ayant amené le petit Joseph.

Quand elles se présentèrent à l'entrée du jardin, elles aperçurent d'abord la bonne qui pleurait, sur une chaise, contre le mur.

Le chien dormait couché sur le paillasson de la porte d'entrée, sous une brûlante tombée de soleil ; deux chats, qu'on eût crus morts, étaient allongés sur le rebord des deux fenêtres, les yeux fermés, les pattes et la queue tout au long étendues.

Une grosse poule gloussante promenait un bataillon de poussins, vêtus de duvet jaune, léger comme de la ouate, à travers le petit jardin ; et une grande cage accrochée au mur, couverte de mouron, contenait un peuple d'oiseaux qui s'égosillaient dans la lumière de cette chaude matinée de printemps.

Deux inséparables[1] dans une autre cagette en forme de chalet restaient bien tranquilles, côte à côte sur leur bâton.

M. Cimme, un très gros personnage soufflant, qui entrait toujours le premier partout, écartant les autres, hommes ou femmes, quand il le fallait, demanda :

« Eh bien ! Céleste, ça ne va donc pas ? »

La petite bonne gémit à travers ses larmes :

« Elle ne me reconnaît seulement plus. Le médecin dit que c'est la fin. »

Tout le monde se regarda.

Mme Cimme et Mme Colombel s'embrassèrent instantanément, sans dire un mot. Elles se ressemblaient beaucoup, ayant toujours porté des bandeaux plats des châles rouges, des cachemires français[2] éclatants comme des brasiers.

Cimme se tourna vers son beau-frère, homme pâle, jaune et maigre, ravagé par une maladie d'estomac, et qui boitait affreusement, et il prononça d'un ton sérieux :

« Bigre ! Il était temps. »

Mais personne n'osait pénétrer dans la chambre de la mourante située au rez-de-chaussée. Cimme lui-même cédait le pas. Ce fut Colombel qui se décida le premier, et il entra en se balançant comme un mât de navire, faisant sonner sur les pavés le fer de sa canne.

Les deux femmes se hasardèrent ensuite, et M. Cimme ferma la marche.

Le petit Joseph était resté dehors, séduit par la vue du chien.

Un rayon de soleil coupait en deux le lit, éclairant tout juste les mains qui s'agitaient nerveusement, s'ouvrant et se refermant sans cesse. Les doigts remuaient comme si une pensée les eût animés, comme s'ils eussent signifié des choses, indiqué des idées, obéi à une intelligence. Tout le reste du corps restait immobile sous le drap. La figure anguleuse n'avait pas un tressaillement. Les yeux demeuraient fermés.

Les parents se déployèrent en demi-cercle et se mirent à regarder, sans dire un mot, la poitrine serrée, la respiration courte. La petite bonne les avait suivis et larmoyait toujours.

À la fin, Cimme demanda :

« Qu'est-ce que dit au juste le médecin ? »

La servante balbutia :

« Il dit qu'on la laisse tranquille, qu'il n'y a plus rien à faire. »

Mais, soudain, les lèvres de la vieille fille se mirent à s'agiter. Elles semblaient prononcer des mots silencieux, des mots cachés dans cette tête de mourante, et ses mains précipitaient leur mouvement singulier.

Tout à coup elle parla d'une petite voix maigre qu'on ne lui connaissait pas, d'une voix qui semblait venir de loin, du fond de ce cœur toujours fermé peut-être ?

Cimme s'en alla sur la pointe du pied, trouvant pénible ce spectacle. Colombel, dont la jambe estropiée se fatiguait, s'assit.

Les deux femmes restaient debout.

La reine Hortense babillait maintenant très vite sans qu'on comprît rien à ses paroles. Elle prononçait des noms, beaucoup de noms, appelait tendrement des personnes imaginaires.

« Viens ici, mon petit Philippe, embrasse ta mère. Tu l'aimes bien ta maman, dis, mon enfant ? Toi, Rose, tu vas veiller sur ta petite sœur pendant que je serai sortie. Surtout, ne la laisse pas seule, tu m'entends ? Et je te défends de toucher aux allumettes. »

Elle se taisait quelques secondes, puis, d'un ton plus haut, comme si elle eût appelé : « Henriette ! » Elle attendait un peu, et reprenait : « Dis à ton père de venir me parler avant d'aller à son bureau. » Et soudain : « Je suis un peu souffrante aujourd'hui, mon chéri ; prometsmoi de ne pas revenir tard. Tu diras à ton chef que je suis malade. Tu comprends qu'il est dangereux de laisser les enfants seuls quand je suis au lit. Je vais te faire pour le dîner un plat de riz au sucre. Les petits aiment beaucoup cela. C'est Claire qui sera contente ! »

Elle se mettait à rire, d'un rire jeune et bruyant, comme elle n'avait jamais ri : « Regarde Jean, quelle drôle de tête il a. Il s'est barbouillé avec les confitures, le petit sale ! Regarde donc, mon chéri, comme il est drôle ! »

Colombel, qui changeait de place à tout moment sa jambe fatiguée par le voyage, murmura :

« Elle rêve qu'elle a des enfants et un mari, c'est l'agonie qui commence. »

Les deux sœurs ne bougeaient toujours point, surprises et stupides.

La petite bonne prononça :

« Faut retirer vos châles et vos chapeaux, voulez-vous passer dans la salle ? »

Elles sortirent sans avoir prononcé une parole. Et Colombel les suivit en boitant, laissant de nouveau toute seule la mourante.

Quand elles se furent débarrassées de leurs vêtements de route, les femmes s'assirent enfin. Alors un des chats quitta sa fenêtre, s'étira, sauta dans la salle, puis sur les genoux de Mme Cimme, qui se mit à le caresser.

On entendait à côté la voix de l'agonisante, vivant, à cette heure dernière, la vie qu'elle avait attendue sans doute, vivant ses rêves eux-mêmes au moment où tout allait finir pour elle.

Cimme, dans le jardin, jouait avec le petit Joseph et le chien, s'amusant beaucoup, d'une gaieté de gros homme aux champs, sans aucun souvenir de la mourante.

Mais tout à coup il rentra, et, s'adressant à la bonne :

« Dis donc, ma fille, tu vas nous faire à déjeuner. Qu'est-ce que vous allez manger, mesdames ? »

On convint d'une omelette aux fines herbes, d'un morceau de faux filet avec des pommes nouvelles, d'un fromage et d'une tasse de café.

Et comme Mme Colombel fouillait dans sa

poche pour chercher son porte-monnaie, Cimme l'arrêta ; puis, se tournant vers la bonne : « Tu dois avoir de l'argent ? » Elle répondit :

« Oui, monsieur.

— Combien ?

— Quinze francs.

— Ça suffit. Dépêche-toi, ma fille, car je commence à avoir faim. »

Mme Cimme, regardant au-dehors les fleurs grimpantes baignées de soleil, et deux pigeons amoureux sur le toit en face, prononça d'un air navré :

« C'est malheureux d'être venus pour une aussi triste circonstance. Il ferait bien bon dans la campagne aujourd'hui. »

Sa sœur soupira sans répondre, et Colombel murmura, ému peut-être par la pensée d'une marche :

« Ma jambe me tracasse bougrement. »

Le petit Joseph et le chien faisaient un bruit terrible : l'un poussant des cris de joie, l'autre aboyant éperdument. Ils jouaient à cache-cache autour des trois plates-bandes, courant l'un après l'autre comme deux fous.

La mourante continuait à appeler ses enfants, causant avec chacun, s'imaginant qu'elle les habillait, qu'elle les caressait, qu'elle leur apprenait à lire : « Allons ! Simon, répète : A B C D. Tu ne dis pas bien, voyons, D D D, m'entends-tu ? Répète alors... »

Cimme prononça : « C'est curieux ce que l'on dit à ces moments-là. »

Mme Colombel alors demanda :

« Il vaudrait peut-être mieux retourner auprès d'elle. » Mais Cimme aussitôt l'en dissuada :

« Pour quoi faire, puisque vous ne pouvez rien changer à son état ? Nous sommes aussi bien ici. »

Personne n'insista. Mme Cimme considéra les deux oiseaux verts, dits inséparables. Elle loua en quelques phrases cette fidélité singulière et blâma les hommes de ne pas imiter ces bêtes. Cimme se mit à rire, regarda sa femme, chantonna d'un air goguenard : « Tra-la-la. Tra-la-la-la », comme pour laisser entendre bien des choses sur sa fidélité, à lui, Cimme.

Colombel, pris maintenant de crampes d'estomac, frappait le pavé de sa canne.

L'autre chat entra la queue en l'air.

On ne se mit à table qu'à une heure.

Dès qu'il eut goûté au vin, Colombel à qui on avait recommandé de ne boire que du bordeaux de choix, rappela la servante :

« Dis donc, ma fille, est-ce qu'il n'y a rien de meilleur que cela dans la cave ?

— Oui, monsieur, il y a du vin fin qu'on vous servait quand vous veniez.

— Eh bien ! va nous en chercher trois bouteilles. »

On goûta ce vin qui parut excellent ; non pas qu'il provînt d'un cru remarquable, mais il avait quinze ans de cave. Cimme déclara : « C'est du vrai vin de malade. »

Colombel, saisi d'une envie ardente de posséder ce bordeaux, interrogea de nouveau la bonne :

« Combien en reste-t-il, ma fille ?
— Oh ! presque tout, monsieur ; Mam'zelle n'en buvait jamais. C'est le tas du fond. »

Alors il se tourna vers son beau-frère :

« Si vous vouliez, Cimme, je vous reprendrais ce vin-là pour autre chose, il convient merveilleusement à mon estomac. »

La poule était entrée à son tour avec son troupeau de poussins ; les deux femmes s'amusaient à lui jeter des miettes.

On renvoya au jardin Joseph et le chien qui avaient assez mangé.

La reine Hortense parlait toujours, mais à voix basse maintenant, de sorte qu'on ne distinguait plus les paroles.

Quand on eut achevé le café, tout le monde alla constater l'état de la malade. Elle semblait calme.

On ressortit et on s'assit en cercle dans le jardin pour digérer.

Tout à coup le chien se mit à tourner autour des chaises de toute la vitesse de ses pattes, portant quelque chose en sa gueule. L'enfant courait derrière éperdument. Tous deux disparurent dans la maison.

Cimme s'endormit le ventre au soleil.

La mourante se remit à parler haut. Puis, tout à coup, elle cria.

Les deux femmes et Colombel s'empressèrent de rentrer pour voir ce qu'elle avait. Cimme, réveillé, ne se dérangea pas, n'aimant point ces choses-là.

Elle s'était assise, les yeux hagards. Son

chien, pour échapper à la poursuite du petit Joseph, avait sauté sur le lit, franchi l'agonisante ; et, retranché derrière l'oreiller, il regardait son camarade de ses yeux luisants, prêt à sauter de nouveau pour recommencer la partie. Il tenait à la gueule une des pantoufles de sa maîtresse, déchirée à coups de crocs, depuis une heure qu'il jouait avec.

L'enfant, intimidé par cette femme dressée soudain devant lui, restait immobile en face de la couche.

La poule, entrée aussi, effarouchée par le bruit, avait sauté sur une chaise ; et elle appelait désespérément ses poussins qui pépiaient, effarés, entre les quatre jambes du siège.

La reine Hortense criait d'une voix déchirante : « Non, non, je ne veux pas mourir, je ne veux pas ! je ne veux pas ! Qui est-ce qui élèvera mes enfants ? Qui les soignera ? Qui les aimera ? Non, je ne veux pas !... je ne... »

Elle se renversa sur le dos. C'était fini.

Le chien, très excité, sauta dans la chambre en gambadant.

Colombel courut à la fenêtre, appela son beau-frère : « Arrivez vite, arrivez vite. Je crois qu'elle vient de passer. »

Alors Cimme se leva et, prenant son parti, il pénétra dans la chambre en balbutiant :

« Ç'a été moins long que je n'aurais cru. »

LE PARDON[1]

Elle avait été élevée dans une de ces familles qui vivent enfermées en elles-mêmes, et qui semblent toujours loin de tout. Elles ignorent les événements politiques, bien qu'on en cause à table; mais les changements de gouvernement se passent si loin, si loin, qu'on parle de cela comme d'un fait historique, comme de la mort de Louis XVI ou du débarquement de Napoléon.

Les mœurs se modifient, les modes se succèdent. On ne s'en aperçoit guère dans la famille calme où l'on suit toujours les coutumes traditionnelles. Et si quelque histoire scabreuse se passe dans les environs, le scandale vient mourir au seuil de la maison. Seuls, le père et la mère, un soir, échangent quelques mots là-dessus, mais à mi-voix, à cause des murs qui ont partout des oreilles. Et, discrètement, le père dit :

« Tu as su cette terrible affaire dans la famille des Rivoil ? »

Et la mère répond :

« Qui aurait jamais cru cela ? C'est affreux. »

Les enfants ne se doutent de rien, et ils arrivent à l'âge de vivre à leur tour, avec un bandeau sur les yeux et sur l'esprit, sans soupçonner les dessous de l'existence, sans savoir qu'on ne pense pas comme on parle, et qu'on ne parle point comme on agit ; sans savoir qu'il faut vivre en guerre avec tout le monde, ou du moins en paix armée, sans deviner qu'on est sans cesse trompé quand on est naïf, joué quand on est sincère, maltraité quand on est bon.

Les uns vont jusqu'à la mort dans cet aveuglement de probité, de loyauté, d'honneur ; tellement intègres que rien ne leur ouvre les yeux.

Les autres, désabusés sans bien comprendre, trébuchent éperdus, désespérés, et meurent en se croyant les jouets d'une fatalité exceptionnelle, les victimes misérables d'événements funestes et d'hommes particulièrement criminels.

Les Savignol marièrent leur fille Berthe à dix-huit ans. Elle épousa un jeune homme de Paris, Georges Baron, qui faisait des affaires à la Bourse. Il était beau garçon, parlait bien, avec tous les dehors probes qu'il fallait ; mais, au fond du cœur, il se moquait un peu de ses beaux-parents attardés, qu'il appelait entre amis : « Mes chers fossiles. »

Il appartenait à une bonne famille ; et la jeune fille était riche. Il l'emmena vivre à Paris.

Elle devint une de ces provinciales de Paris dont la race est nombreuse. Elle demeura ignorante de la grande ville, de son monde élégant, de ses plaisirs, de ses costumes, comme elle était demeurée ignorante de la vie, de ses perfidies et de ses mystères.

Enfermée en son ménage, elle ne connaissait guère que sa rue, et quand elle s'aventurait dans un autre quartier, il lui semblait accomplir un voyage lointain en une ville inconnue et étrangère[1]. Elle disait le soir :

« J'ai traversé les boulevards, aujourd'hui. »

Deux ou trois fois par an, son mari l'emmenait au théâtre. C'étaient des fêtes dont le souvenir ne s'éteignait plus et dont on reparlait sans cesse.

Quelquefois, à table, trois mois après, elle se mettait brusquement à rire, et s'écriait :

« Te rappelles-tu cet acteur habillé en général et qui imitait le chant du coq ? »

Toutes ses relations se bornaient à deux familles alliées qui, pour elle, représentaient l'humanité. Elle les désignait en faisant précéder leur nom de l'article « les » — les Martinet et les Michelint.

Son mari vivait à sa guise, rentrant quand il voulait, parfois au jour levant, prétextant des affaires, ne se gênant point, sûr que jamais un soupçon n'effleurerait cette âme candide.

Mais un matin elle reçut une lettre anonyme.

Elle demeura éperdue, ayant le cœur trop droit pour comprendre l'infamie des dénonciations, pour mépriser cette lettre dont l'auteur se disait inspiré par l'intérêt de son bonheur, et la haine du mal, et l'amour de la vérité.

On lui révélait que son mari avait, depuis deux ans, une maîtresse, une jeune veuve, Mme Rosset, chez qui il passait toutes ses soirées.

Elle ne sut ni feindre, ni dissimuler, ni épier, ni ruser. Quand il revint pour déjeuner, elle lui jeta cette lettre, en sanglotant, et s'enfuit dans sa chambre.

Il eut le temps de comprendre, de préparer sa réponse et il alla frapper à la porte de sa femme. Elle ouvrit aussitôt, n'osant pas le regarder. Il souriait ; il s'assit, l'attira sur ses genoux ; et d'une voix douce, un peu moqueuse :

« Ma chère petite, j'ai en effet pour amie Mme Rosset, que je connais depuis dix ans et que j'aime beaucoup ; j'ajouterai que je connais vingt autres familles dont je ne t'ai jamais parlé, sachant que tu ne recherches pas le monde, les fêtes et les relations nouvelles. Mais, pour en finir une fois pour toutes avec ces dénonciations infâmes, je te prierai de t'habiller après le déjeuner et nous irons faire une visite à cette jeune femme qui deviendra ton amie, je n'en doute pas. »

Elle embrassa à pleins bras son mari ; et, par une de ces curiosités féminines qui ne s'endorment plus une fois éveillées, elle ne refusa point d'aller voir cette inconnue qui lui demeurait, malgré tout, un peu suspecte. Elle sentait, par instinct, qu'un danger connu est presque évité.

Elle entra dans un petit appartement, coquet, plein de bibelots, orné avec art, au quatrième étage d'une belle maison. Au bout de cinq minutes d'attente dans un salon assombri par des tentures, des portières, des rideaux drapés gracieusement, une porte s'ouvrit et une jeune femme apparut, très brune, petite, un peu grasse, étonnée et souriante.

Georges fit les présentations.

« Ma femme, Mme Julie Rosset. »

La jeune veuve poussa un léger cri d'étonnement et de joie, et s'élança, les deux mains ouvertes. Elle n'espérait point, disait-elle, avoir ce bonheur, sachant que Mme Baron ne voyait personne ; mais elle était si heureuse, si heureuse ! Elle aimait tant Georges (elle disait Georges tout court avec une fraternelle familiarité) ! qu'elle avait une envie folle de connaître sa jeune femme et de l'aimer aussi.

Au bout d'un mois, les deux nouvelles amies ne se quittaient plus. Elles se voyaient chaque jour, souvent deux fois et dînaient tous les soirs ensemble, tantôt chez l'une, tantôt chez l'autre. Georges maintenant ne sortait plus guère, ne prétextait plus d'affaires, adorant, disait-il, son coin du feu.

Enfin, un appartement s'étant trouvé libre dans la maison habitée par Mme Rosset, Mme Baron s'empressa de le prendre pour se rapprocher et se réunir encore davantage.

Et pendant deux années entières, ce fut une amitié sans nuage, une amitié de cœur et d'âme, absolue, tendre, dévouée, délicieuse. Berthe ne pouvait plus parler sans prononcer le nom de Julie, qui représentait pour elle la perfection.

Elle était heureuse, d'un bonheur parfait, calme et doux.

Mais voici que Mme Rosset tomba malade. Berthe ne la quitta plus. Elle passait les nuits, se désolait ; son mari lui-même était désespéré.

Or, un matin, le médecin, en sortant de sa visite, prit à part Georges et sa femme, et leur annonça qu'il trouvait fort grave l'état de leur amie.

Dès qu'il fut parti, les jeunes gens, atterrés, s'assirent l'un en face de l'autre ; puis, brusquement, se mirent à pleurer. Ils veillèrent, la nuit, tous les deux ensemble auprès du lit ; et Berthe, à tout instant, embrassait tendrement la malade, tandis que Georges, debout devant les pieds de sa couche, la contemplait silencieusement avec une persistance acharnée.

Le lendemain, elle allait plus mal encore.

Enfin, vers le soir, elle déclara qu'elle se trouvait mieux, et contraignit ses amis à redescendre chez eux pour dîner.

Ils étaient tristement assis dans leur salle, sans guère manger, quand la bonne remit à Georges une enveloppe. Il l'ouvrit, lut, devint livide, et, se levant, il dit à sa femme, d'un air étrange : « Attends-moi, il faut que je m'absente un instant, je serai de retour dans dix minutes. Surtout ne sors pas. »

Et il courut dans sa chambre prendre son chapeau.

Berthe l'attendit, torturée par une inquiétude nouvelle. Mais docile en tout, elle ne voulait point remonter chez son amie avant qu'il fût revenu.

Comme il ne reparaissait pas, la pensée lui vint d'aller voir en sa chambre s'il avait pris ses gants, ce qui eût indiqué qu'il devait entrer quelque part.

Elle les aperçut du premier coup d'œil. Près d'eux un papier froissé gisait, jeté là.

Elle le reconnut aussitôt, c'était celui qu'on venait de remettre à Georges.

Et une tentation brûlante, la première de sa vie, lui vint de lire, de savoir. Sa conscience révoltée luttait, mais la démangeaison d'une curiosité fouettée et douloureuse poussait sa main. Elle saisit le papier, l'ouvrit, reconnut aussitôt l'écriture, celle de Julie, une écriture tremblée, au crayon. Elle lut : « Viens seul m'embrasser, mon pauvre ami, je vais mourir. »

Elle ne comprit pas d'abord, et restait là stupide, frappée surtout par l'idée de mort. Puis, soudain, le tutoiement saisit sa pensée ; et ce fut comme un grand éclair illuminant son existence, lui montrant toute l'infâme vérité, toute leur trahison, toute leur perfidie. Elle comprit leur longue astuce, leurs regards, sa bonne foi jouée, sa confiance trompée. Elle les revit l'un en face de l'autre, le soir sous l'abat-jour de sa lampe, lisant le même livre, se consultant de l'œil à la fin des pages.

Et son cœur soulevé d'indignation, meurtri de souffrance, s'abîma dans un désespoir sans bornes.

Des pas retentirent; elle s'enfuit et s'enferma chez elle.

Son mari, bientôt, l'appela.

« Viens vite, Mme Rosset va mourir. »

Berthe parut sur sa porte et, la lèvre tremblante :

« Retournez seul auprès d'elle, elle n'a pas besoin de moi. »

Il la regarda follement, abruti de chagrin, et il reprit :

« Vite, vite, elle meurt. »

Berthe répondit :

« Vous aimeriez mieux que ce fût moi. »

Alors il comprit peut-être, et s'en alla, remontant près de l'agonisante.

Il la pleura sans dissimulation, sans pudeur, indifférent à la douleur de sa femme qui ne lui parlait plus, ne le regardait plus, vivait seule murée dans le dégoût, dans une colère révoltée, et priait Dieu matin et soir.

Ils habitaient ensemble pourtant, mangeaient face à face, muets et désespérés.

Puis il s'apaisa peu à peu; mais elle ne lui pardonnait point.

Et la vie continua, dure pour tous les deux.

Pendant un an, ils demeurèrent aussi étrangers l'un à l'autre que s'ils ne se fussent pas connus. Berthe faillit devenir folle.

Puis un matin étant partie dès l'aurore, elle rentra vers huit heures portant en ses deux mains un énorme bouquet de roses, de roses blanches, toutes blanches.

Et elle fit dire à son mari qu'elle désirait lui parler.

Il vint, inquiet, troublé.

« Nous allons sortir ensemble, lui dit-elle ; prenez ces fleurs, elles sont trop lourdes pour moi. »

Il prit le bouquet et suivit sa femme. Une voiture les attendait qui partit dès qu'ils furent montés.

Elle s'arrêta devant la grille du cimetière. Alors Berthe, dont les yeux s'emplissaient de larmes, dit à Georges :

« Conduisez-moi à sa tombe. »

Il tremblait sans comprendre, et il se mit à marcher devant, tenant toujours les fleurs en ses bras. Il s'arrêta enfin devant un marbre blanc et le désigna sans rien dire.

Alors elle lui prit le grand bouquet et, s'agenouillant, le déposa sur les pieds du tombeau. Puis elle s'isola en une prière inconnue et suppliante !

Debout derrière elle, son mari, hanté de souvenirs, pleurait.

Elle se releva et lui tendit les mains.

« Si vous voulez, nous serons amis », dit-elle.

LA LÉGENDE DU MONT-SAINT-MICHEL[1]

Je l'avais vu d'abord de Cancale, ce château de fées planté dans la mer. Je l'avais vu confusément, ombre grise dressée sur le ciel brumeux.

Je le revis d'Avranches[2], au soleil couchant. L'immensité des sables était rouge, l'horizon était rouge, toute la baie démesurée était rouge; seule, l'abbaye escarpée, poussée là-bas, loin de la terre, comme un manoir fantastique, stupéfiante comme un palais de rêve, invraisemblablement étrange et belle, restait presque noire dans les pourpres du jour mourant.

J'allai vers elle le lendemain dès l'aube à travers les sables, l'œil tendu sur ce bijou monstrueux, grand comme une montagne, ciselé comme un camée, et vaporeux comme une mousseline. Plus j'approchais, plus je me sentais soulevé d'admiration, car rien au monde peut-être n'est plus étonnant et plus parfait.

Et j'errai, surpris comme si j'avais découvert l'habitation d'un dieu à travers ces salles portées par des colonnes légères ou pesantes, à travers ces couloirs percés à jour, levant mes yeux émerveillés sur ces clochetons qui semblent des fusées parties vers le ciel et sur tout cet emmêlement incroyable de tourelles, de gargouilles, d'ornements sveltes et charmants, feu d'artifice de pierre, dentelle de granit, chef-d'œuvre d'architecture colossale et délicate.

Comme je restais en extase, un paysan bas-normand m'aborda et me raconta l'histoire de la grande querelle de saint Michel avec le diable[1].

Un sceptique de génie a dit : « Dieu a fait l'homme à son image, mais l'homme le lui a bien rendu[2]. »

Ce mot est d'une éternelle vérité et il serait fort curieux de faire dans chaque continent l'histoire de la divinité locale, ainsi que l'histoire des saints patrons dans chacune de nos provinces. Le nègre a des idoles féroces, mangeuses d'hommes ; le mahométan polygame peuple son paradis de femmes ; les Grecs, en gens pratiques, avaient divinisé toutes les passions.

Chaque village de France est placé sous l'invocation d'un saint protecteur, modifié à l'image des habitants.

Or, saint Michel veille sur la Basse-Normandie, saint Michel, l'ange radieux et victorieux, le porte-glaive, le héros du ciel, le triomphant, le dominateur de Satan.

Mais voici comment le Bas-Normand, rusé,

cauteleux, sournois et chicanier, comprend et raconte la lutte du grand saint avec le diable.

Pour se mettre à l'abri des méchancetés du démon, son voisin, saint Michel, construisit lui-même, en plein Océan, cette habitation digne d'un archange ; et, seul, en effet, un pareil saint pouvait se créer une semblable résidence.

Mais comme il redoutait encore les approches du Malin, il entoura son domaine de sables mouvants plus perfides que la mer.

Le diable habitait une humble chaumière sur la côte ; mais il possédait les prairies baignées d'eau salée, les belles terres grasses où poussent les récoltes lourdes, les riches vallées et les coteaux féconds de tout le pays ; tandis que le saint ne régnait que sur les sables. De sorte que Satan était riche, et saint Michel était pauvre comme un gueux.

Après quelques années de jeûne, le saint s'ennuya de cet état de choses et pensa à passer un compromis avec le diable ; mais la chose n'était guère facile, Satan tenant à ses moissons.

Il réfléchit pendant six mois ; puis, un matin, il s'achemina vers la terre. Le démon mangeait la soupe devant sa porte quand il aperçut le saint ; aussitôt il se précipita à sa rencontre, baisa le bas de sa manche, le fit entrer et lui offrit de se rafraîchir.

Après avoir bu une jatte de lait, saint Michel prit la parole :

« Je suis venu pour te proposer une bonne affaire. »

Le diable, candide et sans défiance, répondit :

« Ça me va.

— Voici. Tu me céderas toutes tes terres. »

Satan, inquiet, voulut parler.

« Mais... »

Le saint reprit :

« Écoute d'abord. Tu me céderas toutes tes terres. Je me chargerai de l'entretien, du travail, des labourages, des semences, du fumage, de tout enfin, et nous partagerons la récolte par moitié. Est-ce dit ? »

Le diable, naturellement paresseux, accepta. Il demanda seulement en plus quelques-uns de ces délicieux surmulets[1] qu'on pêche autour du mont solitaire. Saint Michel promit les poissons.

Ils se tapèrent dans la main, crachèrent de côté pour indiquer que l'affaire était faite, et le saint reprit :

« Tiens, je ne veux pas que tu aies à te plaindre de moi. Choisis ce que tu préfères : la partie des récoltes qui sera sur terre ou celle qui restera dans la terre. »

Satan s'écria :

« Je prends celle qui sera sur terre.

— C'est entendu », dit le saint.

Et il s'en alla.

Or, six mois après, dans l'immense domaine du diable, on ne voyait que des carottes, des navets, des oignons, des salsifis, toutes les plantes dont les racines grasses sont bonnes et savoureuses, et dont la feuille inutile sert tout au plus à nourrir les bêtes.

Satan n'eut rien et voulut rompre le contact, traitant saint Michel de « malicieux[1] ».

Mais le saint avait pris goût à la culture ; il retourna retrouver le diable :

« Je t'assure que je n'y ai point pensé du tout ; ça s'est trouvé comme ça ; il n'y a point de ma faute. Et, pour te dédommager, je t'offre de prendre, cette année, tout ce qui se trouvera sous terre.

— Ça me va », dit Satan.

Au printemps suivant, toute l'étendue des terres de l'Esprit du mal était couverte de blés épais, d'avoines grosses comme des clochetons, de lins, de colzas magnifiques, de trèfles rouges, de pois, de choux, d'artichauts, de tout ce qui s'épanouit au soleil en graines ou en fruits.

Satan n'eut encore rien et se fâcha tout à fait.

Il reprit ses prés et ses labours et resta sourd à toutes les ouvertures nouvelles de son voisin.

Une année entière s'écoula. Du haut de son manoir isolé, saint Michel regardait la terre lointaine et féconde, et voyait le diable dirigeant les travaux, rentrant les récoltes, battant ses grains. Et il rageait, s'exaspérant de son impuissance. Ne pouvant plus duper Satan, il résolut de s'en venger, et il alla le prier à dîner pour le lundi suivant.

« Tu n'as pas été heureux dans tes affaires

avec moi, disait-il, je le sais ; mais je ne veux pas qu'il reste de rancune entre nous, et je compte que tu viendras dîner avec moi. Je te ferai manger de bonnes choses. »

Satan, aussi gourmand que paresseux, accepta bien vite. Au jour dit, il revêtit ses plus beaux habits et prit le chemin du Mont.

Saint Michel le fit asseoir à une table magnifique. On servit d'abord un vol-au-vent plein de crêtes et de rognons de coq, avec des boulettes de chair à saucisse, puis deux gros surmulets à la crème, puis une dinde blanche pleine de marrons confits dans du vin, puis un gigot de pré-salé, tendre comme du gâteau ; puis des légumes qui fondaient dans la bouche et de la bonne galette chaude, qui fumait en répandant un parfum de beurre.

On but du cidre pur, mousseux et sucré, et du vin rouge et capiteux, et, après chaque plat, on faisait un trou avec de la vieille eau-de-vie de pommes.

Le diable but et mangea comme un coffre, tant et si bien qu'il se trouva gêné.

Alors saint Michel, se levant formidable, s'écria d'une voix de tonnerre :

« Devant moi ! devant moi, canaille ! Tu oses... devant moi... »

Satan éperdu s'enfuit, et le saint, saisissant un bâton, le poursuivit.

Ils couraient par les salles basses, tournant autour des piliers, montaient les escaliers aériens, galopaient le long des corniches, sautaient de gargouille en gargouille. Le pauvre démon, malade à fendre l'âme, fuyait, souillant la demeure du saint. Il se trouva enfin sur la dernière terrasse, tout en haut, d'où l'on découvre la baie immense avec ses villes lointaines, ses sables et ses pâturages. Il ne pouvait échapper plus longtemps ; et le saint, lui jetant dans le dos un coup de pied furieux, le lança comme une balle à travers l'espace.

Il fila dans le ciel ainsi qu'un javelot, et s'en vint tomber lourdement devant la ville de Mortain[1]. Les cornes de son front et les griffes de ses membres entrèrent profondément dans le rocher, qui garde pour l'éternité les traces de cette chute de Satan.

Il se releva boiteux, estropié jusqu'à la fin des siècles ; et, regardant au loin le Mont fatal, dressé comme un pic dans le soleil couchant, il comprit bien qu'il serait toujours vaincu dans cette lutte inégale, et il partit en traînant la jambe, se dirigeant vers des pays éloignés, abandonnant à son ennemi ses champs, ses coteaux, ses vallées et ses prés.

Et voilà comment saint Michel, patron des Normands, vainquit le diable.

Un autre peuple[2] avait rêvé autrement cette bataille.

UNE VEUVE[1]

C'était pendant la saison des chasses, dans le château de Banneville[2]. L'automne était pluvieux et triste. Les feuilles rouges, au lieu de craquer sous les pieds, pourrissaient dans les ornières, sous les lourdes averses.

La forêt, presque dépouillée, était humide comme une salle de bains. Quand on entrait dedans, sous les grands arbres fouettés par les grains, une odeur moisie, une buée d'eau tombée, d'herbes trempées, de terre mouillée, vous enveloppait et les tireurs, courbés sous cette inondation continue, et les chiens mornes, la queue basse et le poil collé sur les côtes, et les jeunes chasseresses en leur taille de drap collante et traversée de pluie, rentraient chaque soir las de corps et d'esprit.

Dans le grand salon, après dîner, on jouait au loto, sans plaisir, tandis que le vent faisait sur les volets des poussées bruyantes et lançait les vieilles girouettes en des tournoiements de toupie. On voulut alors conter des histoires, comme il est dit en des livres; mais personne n'inventait rien d'amusant. Les chasseurs narraient des aventures à coups de fusil, des boucheries de lapins; et les femmes se creusaient la tête sans y découvrir jamais l'imagination de Schéhérazade.

On allait renoncer à ce divertissement, quand une jeune femme, en jouant, sans y penser, avec la main d'une vieille tante restée fille, remarqua une petite bague faite avec des cheveux blonds, qu'elle avait vue souvent sans y réfléchir.

Alors, en la faisant rouler doucement, autour du doigt, elle demanda: « Dis donc, tante, qu'est-ce que c'est que cette bague? On dirait des cheveux d'enfant... » La vieille demoiselle rougit, puis pâlit; puis, d'une voix tremblante: « C'est si triste, si triste, que je n'en veux jamais parler. Tout le malheur de ma vie vient de là. J'étais toute jeune alors, et le souvenir m'est resté si douloureux que je pleure chaque fois en y pensant. »

On voulut aussitôt connaître l'histoire; mais la tante refusait de la dire; on finit enfin par la prier tant qu'elle se décida.

*

Vous m'avez souvent entendue parler de la famille de Santèze, éteinte aujourd'hui. J'ai connu les trois derniers hommes de cette maison. Ils sont morts tous les trois de la même façon; voici les cheveux du dernier. Il avait treize ans, quand il s'est tué pour moi[1]. Cela vous paraît étrange, n'est-ce pas?

Oh! c'était une race singulière, des fous, si l'on veut, mais des fous charmants, des fous par amour. Tous, de père en fils, avaient des passions violentes, de grands élans de tout leur être qui les poussaient aux choses les plus exaltées, aux dévouements fanatiques, même aux crimes. C'était en eux, cela, ainsi que la dévotion ardente est dans certaines âmes. Ceux qui se font trappistes n'ont pas la même nature que les coureurs de salon. On disait dans la parenté: «Amoureux comme un Santèze.» Rien qu'à les voir, on le devinait. Ils avaient tous les cheveux bouclés, bas sur le front, la barbe frisée, et des yeux larges, larges, dont le rayon entrait dans vous, et vous troublait sans qu'on sût pourquoi.

Le grand-père de celui-ci dont voici le seul souvenir, après beaucoup d'aventures, et des duels et des enlèvements de femmes, devint passionnément épris, vers soixante-cinq ans, de la fille de son fermier. Je les ai connus tous les deux. Elle était blonde, pâle, distinguée, avec un parler lent, une voix molle et un regard si doux, si doux qu'on l'aurait dit d'une madone. Le vieux seigneur la prit chez lui, et il fut bientôt si captivé qu'il ne pouvait se passer d'elle une minute. Sa fille et sa belle-fille, qui habitaient le château trouvaient cela tout naturel, tant l'amour était de tradition dans la maison. Quand il s'agissait de passion, rien ne les étonnait, et, si l'on parlait devant elles de penchants contrariés, d'amants désunis, même de vengeance après des trahisons, elles disaient toutes les deux, du même ton désolé : « Oh ! comme il (ou elle) a dû souffrir pour en arriver là ! » Rien de plus. Elles s'apitoyaient sur les drames du cœur et ne s'en indignaient jamais, même quand ils étaient criminels.

Or, un automne, un jeune homme, M. de Gradelle, invité pour la chasse, enleva la jeune fille.

M. de Santèze resta calme, comme s'il ne s'était rien passé ; mais, un matin, on le trouva pendu dans le chenil, au milieu des chiens.

Son fils mourut de la même façon, dans un hôtel, à Paris, pendant un voyage qu'il fit en 1841, après avoir été trompé par une chanteuse de l'Opéra.

Il laissait un enfant âgé de douze ans, et une veuve, la sœur de ma mère. Elle vint avec le petit habiter chez mon père, dans notre terre de Bertillon. J'avais alors dix-sept ans.

Vous ne pouvez vous figurer quel étonnant et précoce enfant était ce petit Santèze. On eût dit que toutes les facultés de tendresse, que toutes les exaltations de sa race étaient retombées sur celui-là, le dernier. Il rêvait toujours et se promenait seul pendant des heures, dans une grande allée d'ormes allant du château jusqu'au bois. Je regardais de ma fenêtre ce gamin sentimental, qui marchait à pas graves, les mains derrière le dos, le front penché, et, parfois, s'arrêtait pour lever les yeux comme s'il voyait et comprenait, et ressentait des choses qui n'étaient point de son âge.

Souvent, après le dîner, par les nuits claires,

il me disait : « Allons rêver, cousine... » Et nous partions ensemble dans le parc. Il s'arrêtait brusquement devant les clairières où flottait cette vapeur blanche, cette ouate dont la lune garnit les éclaircies des bois ; et il me disait, en me serrant la main : « Regarde ça, regarde ça. Mais tu ne me comprends pas, je le sens. Si tu me comprenais, nous serions heureux. Il faut aimer pour savoir. » Je riais et je l'embrassais, ce gamin, qui m'adorait à en mourir.

Souvent aussi, après le dîner, il allait s'asseoir sur les genoux de ma mère : « Allons, tante, lui disait-il, raconte-nous des histoires d'amour. » Et ma mère, par plaisanterie, lui disait toutes les légendes de sa famille, toutes les aventures passionnées de ses pères ; car on en citait des mille et des mille, de vraies et de fausses. C'est leur réputation qui les a tous perdus, ces hommes ; ils se montaient la tête et se faisaient gloire ensuite de ne point laisser mentir la renommée de leur maison.

Il s'exaltait, le petit, à ces récits tendres ou terribles, et parfois il tapait des mains en répétant : « Moi aussi, moi aussi, je sais aimer mieux qu'eux tous ! »

Alors il me fit la cour, une cour timide et profondément tendre, dont on riait, tant c'était drôle. Chaque matin, j'avais des fleurs cueillies par lui, et chaque soir, avant de remonter dans sa chambre, il me baisait la main en murmurant : « Je t'aime ! »

Je fus coupable, bien coupable, et j'en pleure encore sans cesse, et j'en ai fait pénitence toute ma vie, et je suis restée vieille fille, — ou plutôt non, je suis restée comme fiancée-veuve, veuve de lui. Je m'amusai de cette tendresse puérile, je l'excitais même, je fus coquette, séduisante, comme auprès d'un homme, caressante et perfide. J'affolai cet enfant. C'était un jeu pour moi, et un divertissement joyeux pour sa mère et la mienne. Il avait douze ans ! Songez ! qui donc aurait pris au sérieux cette passion d'atome ! Je l'embrassais tant qu'il voulait ; je lui écrivis même des billets doux que lisaient nos mères ; et il me répondait des lettres, des lettres de feu, que j'ai gardées. Il croyait secrète notre intimité d'amour, se jugeant un homme. Nous avions oublié qu'il était un Santèze !

Cela dura près d'un an. Un soir, dans le parc, il s'abattit à mes genoux et, baisant le bas de ma robe avec un élan furieux, il répétait : « Je t'aime, je t'aime, je t'aime à en mourir. Si tu me trompes jamais, entends-tu ; si tu m'abandonnes pour un autre, je ferai comme mon père… » Et il ajouta d'une voix profonde à donner un frisson : « Tu sais ce qu'il a fait ! »

Puis, comme je restais interdite, il se releva, et se dressant sur la pointe des pieds pour arriver à mon oreille, car j'étais plus grande que lui, il modula mon nom, mon petit nom : « Geneviève ! » d'un ton si doux, si joli, si tendre, que j'en frissonnai jusqu'aux pieds.

Je balbutiais : « Rentrons, rentrons ! » Il ne dit plus rien et me suivit ; mais, comme nous allions gravir les marches du perron, il m'arrêta : « Tu sais, si tu m'abandonnes, je me tue. »

Je compris, cette fois, que j'avais été trop loin, et je devins réservée. Comme il m'en faisait, un jour, des reproches, je répondis : « Tu es maintenant trop grand pour plaisanter, et trop jeune pour un amour sérieux. J'attends. »

Je m'en croyais quitte ainsi.

On le mit en pension à l'automne. Quand il revint l'été suivant, j'avais un fiancé. Il comprit tout de suite, et garda pendant huit jours un air si réfléchi que je demeurais très inquiète.

Le neuvième jour, au matin, j'aperçus, en me levant, un petit papier glissé sous ma porte. Je le saisis, je l'ouvris, je lus : « Tu m'as abandonné, et tu sais ce que je t'ai dit. C'est ma mort que tu as ordonnée. Comme je ne veux pas être trouvé par un autre que par toi, viens dans le parc, juste à la place où je t'ai dit, l'an dernier, que je t'aimais, et regarde en l'air. »

Je me sentais devenir folle. Je m'habillai vite et vite, et je courus, je courus à tomber épuisée, jusqu'à l'endroit désigné. Sa petite casquette de pension était par terre, dans la boue. Il avait plu toute la nuit. Je levai les yeux et j'aperçus quelque chose qui se berçait dans les feuilles, car il faisait du vent, beaucoup de vent.

Je ne sais plus, après ça, ce que j'ai fait. J'ai dû hurler d'abord, m'évanouir peut-être, et tomber, puis courir au château. Je repris ma raison dans mon lit, avec ma mère à mon chevet.

Je crus que j'avais rêvé tout cela dans un affreux délire. Je balbutiai : « Et lui, lui, Gontran ?... » On ne me répondit pas. C'était vrai.

Je n'osai pas le revoir; mais je demandai une longue mèche de ses cheveux blonds. La... la... voici...

*

Et la vieille demoiselle tendait sa main tremblante dans un geste désespéré.

Puis elle se moucha plusieurs fois, s'essuya les yeux et reprit: « J'ai rompu mon mariage... sans dire pourquoi... Et je... je suis restée toujours... la... la veuve de cet enfant de treize ans. » Puis sa tête tomba sur sa poitrine et elle pleura longtemps des larmes pensives.

Et, comme on gagnait les chambres pour dormir, un gros chasseur dont elle avait troublé la quiétude souffla dans l'oreille de son voisin :

« N'est-ce pas malheureux d'être sentimental à ce point-là ! »

MADEMOISELLE COCOTTE[1]

Nous allions sortir de l'Asile quand j'aperçus dans un coin de la cour un grand homme maigre qui faisait obstinément le simulacre d'appeler un chien imaginaire. Il criait, d'une voix douce, d'une voix tendre : « Cocotte, ma petite Cocotte, viens ici, Cocotte, viens ici, ma belle », en tapant sur sa cuisse comme on fait pour attirer les bêtes. Je demandai au médecin : « Qu'est-ce que celui-là ? » Il me répondit : « Oh ! celui-là n'est pas intéressant. C'est un cocher, nommé François, devenu fou après avoir noyé son chien. »

J'insistai : « Dites-moi donc son histoire. Les choses les plus simples, les plus humbles, sont parfois celles qui nous mordent le plus au cœur. »

Et voici l'aventure de cet homme qu'on avait sue tout entière par un palefrenier, son camarade.

Dans la banlieue de Paris vivait une famille de bourgeois riches. Ils habitaient une villa au milieu d'un parc, au bord de la Seine. Le cocher était ce François, gars de campagne, un peu lourdaud, bon cœur, niais, facile à duper.

Comme il rentrait un soir chez ses maîtres, un chien se mit à le suivre. Il n'y prit point garde d'abord ; mais l'obstination de la bête à marcher sur ses talons le fit bientôt se retourner. Il regarda s'il connaissait ce chien. — Non, il ne l'avait jamais vu.

C'était une chienne d'une maigreur affreuse avec de grandes mamelles pendantes. Elle trottinait derrière l'homme d'un air lamentable et affamé, la queue entre les pattes, les oreilles collées contre la tête, et s'arrêtait quand il s'arrêtait, repartant quand il repartait.

Il voulait chasser ce squelette de bête et cria : « Va-t'en. Veux-tu bien te sauver ! — Hou ! Hou ! » Elle s'éloigna de quelques pas et se planta sur son derrière, attendant ; puis, dès que le cocher se remit en marche, elle repartit derrière lui.

Il fit semblant de ramasser des pierres. L'animal s'enfuit un peu plus loin avec un grand ballottement de ses mamelles flasques ; mais il revint aussitôt que l'homme eut tourné le dos.

Alors le cocher François, pris de pitié, l'appela. La chienne s'approcha timidement, l'échine pliée en cercle, et toutes les côtes soulevant la peau. L'homme caressa ces os saillants, et, tout ému par cette misère de bête : « Allons, viens ! » dit-il. Aussitôt elle remua la queue, se sentant accueillie, adoptée, et, au lieu de rester dans les mollets de son nouveau maître, elle se mit à courir devant lui.

Il l'installa sur la paille dans son écurie; puis il courut à la cuisine chercher du pain. Quand elle eut mangé tout son soûl, elle s'endormit, couchée en rond.

Le lendemain, les maîtres, avertis par leur cocher, permirent qu'il gardât l'animal. C'était une bonne bête, caressante et fidèle, intelligente et douce.

Mais, bientôt, on lui reconnut un défaut terrible. Elle était enflammée d'amour d'un bout à l'autre de l'année. Elle eut fait, en quelque temps, la connaissance de tous les chiens de la contrée qui se mirent à rôder autour d'elle jour et nuit. Elle leur partageait ses faveurs avec une indifférence de fille, semblait au mieux avec tous, traînait derrière elle une vraie meute composée des modèles les plus différents de la race aboyante, les uns gros comme le poing, les autres grands comme des ânes. Elle les promenait par les routes en des courses interminables, et quand elle s'arrêtait pour se reposer sur l'herbe, ils faisaient cercle autour d'elle, et la contemplaient, la langue tirée.

Les gens du pays la considéraient comme un phénomène; jamais on n'avait vu pareille chose. Le vétérinaire n'y comprenait rien.

Quand elle était rentrée, le soir, en son écurie, la foule des chiens faisait le siège de la propriété. Ils se faufilaient par toutes les issues de la haie vive qui clôturait le parc, dévastaient les plates-bandes, arrachaient les fleurs, creusaient des trous dans les corbeilles, exaspérant le jardinier. Et ils hurlaient des nuits entières autour du bâtiment où logeait leur amie, sans que rien les décidât à s'en aller.

Dans le jour, ils pénétraient jusque dans la maison. C'était une invasion, une plaie, un désastre. Les maîtres rencontraient à tout moment dans l'escalier et jusque dans les chambres des petits roquets jaunes à queue empanachée, des chiens de chasse, des bouledogues, des loups-loups rôdeurs à poil sale, vagabonds sans feu ni lieu, des terre-neuve énormes qui faisaient fuir les enfants.

On vit alors dans le pays des chiens inconnus à dix lieues à la ronde, venus on ne sait d'où, vivant on ne sait comment, et qui disparaissaient ensuite.

Cependant François adorait Cocotte. Il l'avait nommée Cocotte, sans malice, bien qu'elle méritât son nom; et il répétait sans cesse: « Cette bête-là, c'est une personne. Il ne lui manque que la parole. »

Il lui avait fait confectionner un collier magnifique en cuir rouge qui portait ces mots gravés sur une plaque de cuivre: « Mademoiselle Cocotte, au cocher François. »

Elle était devenue énorme. Autant elle avait été maigre, autant elle était obèse, avec un ventre gonflé sous lequel pendillaient toujours ses longues mamelles ballottantes. Elle avait engraissé tout d'un coup et elle marchait maintenant avec peine; les pattes écartées à la façon des gens trop gros, la gueule ouverte pour souffler, exténuée aussitôt qu'elle avait essayé de courir.

Elle se montrait d'ailleurs d'une fécondité phénoménale, toujours pleine presque aussitôt que délivrée, donnant le jour quatre fois l'an à un chapelet de petits animaux appartenant à toutes les variétés de la race canine. François, après avoir choisi celui qu'il lui laissait pour « passer son lait », ramassait les autres dans son tablier d'écurie et allait, sans apitoiement, les jeter à la rivière.

Mais bientôt la cuisinière joignit ses plaintes à celles du jardinier. Elle trouvait des chiens jusque sous son fourneau, dans le buffet, dans la soupente au charbon, et ils volaient tout ce qu'ils rencontraient.

Le maître, impatienté, ordonna à François de se débarrasser de Cocotte. L'homme désolé chercha à la placer. Personne n'en voulut. Alors il se résolut à la perdre, et il la confia à un voiturier qui devait l'abandonner dans la campagne de l'autre côté de Paris, auprès de Joinville-le-Pont.

Le soir même, Cocotte était revenue.

Il fallait prendre un grand parti. On la livra, moyennant cinq francs, à un chef de train allant au Havre. Il devait la lâcher à l'arrivée.

Au bout de trois jours, elle rentrait dans son écurie, harassée, efflanquée, écorchée, n'en pouvant plus.

Le maître, apitoyé, n'insista pas.

Mais les chiens revinrent bientôt plus nombreux et plus acharnés que jamais. Et comme on donnait, un soir, un grand dîner, une poularde truffée fut emportée par un dogue, au nez de la cuisinière qui n'osa pas la lui disputer.

Le maître, cette fois, se fâcha tout à fait, et, ayant appelé François, il lui dit avec colère : « Si vous ne me flanquez pas cette bête à l'eau avant demain matin, je vous fiche à la porte, entendez-vous ? »

L'homme fut atterré, et il remonta dans sa chambre pour faire sa malle, préférant quitter sa place. Puis il réfléchit qu'il ne pourrait entrer nulle part tant qu'il traînerait derrière lui cette bête incommode ; il songea qu'il était dans une bonne maison, bien payé, bien nourri ; il se dit que vraiment un chien ne valait pas ça ; il s'excita au nom de ses propres intérêts ; et il finit par prendre résolument le parti de se débarrasser de Cocotte au point du jour.

Il dormit mal, cependant. Dès l'aube, il fut debout et, s'emparant d'une forte corde, il alla chercher la chienne. Elle se leva lentement, se secoua, étira ses membres et vint fêter son maître.

Alors le courage lui manqua, et il se mit à l'embrasser avec tendresse, flattant ses longues oreilles, la baisant sur le museau, lui prodiguant tous les noms tendres qu'il savait.

Mais une horloge voisine sonna six heures. Il ne fallait plus hésiter. Il ouvrit la porte : « Viens », dit-il. La bête remua la queue, comprenant qu'on allait sortir.

Ils gagnèrent la berge, et il choisit une place où l'eau semblait profonde. Alors il noua un bout de la corde au beau collier de cuir, et ramassant une grosse pierre, il l'attacha de l'autre bout. Puis il saisit Cocotte dans ses bras et la baisa furieusement comme une personne qu'on va quitter. Il la tenait serrée sur sa poitrine, la berçait, l'appelait « ma belle Cocotte, ma petite Cocotte », et elle se laissait faire en grognant de plaisir.

Dix fois il la voulut jeter, et toujours le cœur lui manquait.

Mais brusquement il se décida, et de toute sa force il la lança le plus loin possible. Elle essaya d'abord de nager, comme elle faisait lorsqu'on la baignait, mais sa tête, entraînée par la pierre, plongeait coup sur coup ; et elle jetait à son maître des regards éperdus, des regards humains, en se débattant comme une personne qui se noie. Puis tout l'avant du corps s'enfonça, tandis que les pattes de derrière s'agitaient follement hors de l'eau ; puis elles disparurent aussi.

Alors, pendant cinq minutes, des bulles d'air vinrent crever à la surface comme si le fleuve se fût mis à bouillonner ; et François, hagard, affolé, le cœur palpitant, croyait voir Cocotte se tordant dans la vase ; et il se disait, dans sa simplicité de paysan : « Qu'est-ce qu'elle pense de moi, à c't'heure, c'te bête ? »

Il faillit devenir idiot ; il fut malade pendant un mois ; et, chaque nuit, il rêvait de sa chienne ; il la sentait qui léchait ses mains ; il l'entendait aboyer. Il fallut appeler un médecin. Enfin il alla mieux ; et ses maîtres, vers la fin de juin, l'emmenèrent dans leur propriété de Biessard, près de Rouen.

Là encore il était au bord de la Seine. Il se mit à prendre des bains. Il descendait chaque matin avec le palefrenier, et ils traversaient le fleuve à la nage.

Or, un jour, comme ils s'amusaient à batifoler dans l'eau, François cria soudain à son camarade :

« Regarde celle-là qui s'amène. Je vas t'en faire goûter une côtelette. »

C'était une charogne énorme, gonflée, pelée, qui s'en venait, les pattes en l'air en suivant le courant.

François s'en approcha en faisant des brasses ; et, continuant ses plaisanteries :

« Cristi ! elle n'est pas fraîche. Quelle prise ! mon vieux. Elle n'est pas maigre non plus. »

Et il tournait autour, se maintenant à distance de l'énorme bête en putréfaction.

Puis, soudain, il se tut et il la regarda avec une attention singulière ; puis il s'approcha encore comme pour la toucher, cette fois. Il examinait fixement le collier ; puis il avança le bras, saisit le cou, fit pivoter la charogne, l'attira tout près de lui, et lut sur le cuivre verdi qui restait adhérent au cuir décoloré : « Mademoiselle Cocotte, au cocher François. »

La chienne morte avait retrouvé son maître à soixante lieues de leur maison !

Il poussa un cri épouvantable et il se mit à

nager de toute sa force vers la berge, en continuant à hurler ; et, dès qu'il eut atteint la terre, il se sauva éperdu, tout nu, par la campagne. Il était fou !

LES BIJOUX[1]

M. Lantin ayant rencontré cette jeune fille, dans une soirée, chez son sous-chef de bureau, l'amour l'enveloppa comme un filet.

C'était la fille d'un percepteur de province, mort depuis plusieurs années. Elle était venue ensuite à Paris avec sa mère, qui fréquentait quelques familles bourgeoises de son quartier dans l'espoir de marier la jeune personne. Elles étaient pauvres et honorables, tranquilles et douces. La jeune fille semblait le type absolu de l'honnête femme à laquelle le jeune homme sage rêve de confier sa vie. Sa beauté modeste avait un charme de pudeur angélique, et l'imperceptible sourire qui ne quittait point ses lèvres semblait un reflet de son cœur.

Tout le monde chantait ses louanges ; tous ceux qui la connaissaient répétaient sans fin : « Heureux celui qui la prendra. On ne pourrait trouver mieux. »

M. Lantin, alors commis principal au ministère de l'intérieur, aux appointements annuels de trois mille cinq cents francs, la demanda en mariage et l'épousa.

Il fut avec elle invraisemblablement heureux. Elle gouverna sa maison avec une économie si adroite qu'ils semblaient vivre dans le luxe. Il n'était point d'attentions, de délicatesses, de chatteries qu'elle n'eût pour son mari ; et la séduction de sa personne était si grande que, six ans après leur rencontre, il l'aimait plus encore qu'aux premiers jours.

Il ne blâmait en elle que deux goûts, celui du théâtre et celui des bijouteries fausses.

Ses amies (elle connaissait quelques femmes de modestes fonctionnaires) lui procuraient à tous moments des loges pour les pièces en vogue, même pour les premières représentations ; et elle traînait bon gré, mal gré, son mari à ces divertissements qui le fatiguaient affreusement après sa journée de travail. Alors il la supplia de consentir à aller au spectacle avec quelque dame de sa connaissance qui la ramènerait ensuite. Elle fut longtemps à céder, trouvant peu convenable cette manière d'agir. Elle s'y décida enfin par complaisance, et il lui en sut un gré infini.

Or, ce goût pour le théâtre fit bientôt naître en elle le besoin de se parer. Ses toilettes demeuraient toutes simples, il est vrai, de bon goût toujours, mais modestes ; et sa grâce douce, sa grâce irrésistible, humble et souriante, semblait acquérir une saveur nouvelle de la simplicité de ses robes, mais elle prit l'habitude de pendre à ses oreilles deux gros cailloux du Rhin qui simulaient des diamants, et elle portait des colliers de perles fausses, des bracelets en similor[1], des peignes agrémentés de verroteries variées jouant les pierres fines.

Son mari, que choquait un peu cet amour du clinquant, répétait souvent : « Ma chère, quand on n'a pas le moyen de se payer des bijoux véritables, on ne se montre parée que de sa beauté et de sa grâce, voilà encore les plus rares joyaux. »

Mais elle souriait doucement et répétait : « Que veux-tu ? J'aime ça. C'est mon vice. Je sais bien que tu as raison ; mais on ne se refait pas. J'aurais adoré les bijoux, moi ! »

Et elle faisait rouler dans ses doigts les colliers de perles, miroiter les facettes des cristaux taillés, en répétant : « Mais regarde donc comme c'est bien fait. On jurerait du vrai. »

Il souriait en déclarant : « Tu as des goûts de Bohémienne. »

Quelquefois, le soir, quand ils demeuraient en tête à tête au coin du feu, elle apportait sur la table où ils prenaient le thé la boîte de maroquin où elle enfermait la « pacotille », selon le mot de M. Lantin ; et elle se mettait à examiner ces bijoux imités avec une attention passionnée, comme si elle eût savouré quelque jouissance secrète et profonde ; et elle s'obstinait à passer un collier au cou de son mari pour rire ensuite de tout son cœur en s'écriant : « Comme tu es drôle ! » Puis elle se jetait dans ses bras et l'embrassait éperdument.

Comme elle avait été à l'Opéra, une nuit

d'hiver, elle rentra toute frissonnante de froid. Le lendemain elle toussait. Huit jours plus tard elle mourait d'une fluxion de poitrine.

Lantin faillit la suivre dans la tombe. Son désespoir fut si terrible que ses cheveux devinrent blancs en un mois. Il pleurait du matin au soir, l'âme déchirée d'une souffrance intolérable, hanté par le souvenir, par le sourire, par la voix, par tout le charme de la morte.

Le temps n'apaisa point sa douleur. Souvent pendant les heures du bureau, alors que les collègues s'en venaient causer un peu des choses du jour, on voyait soudain ses joues se gonfler, son nez se plisser, ses yeux s'emplir d'eau ; il faisait une grimace affreuse et se mettait à sangloter.

Il avait gardé intacte la chambre de sa compagne où il s'enfermait tous les jours pour penser à elle ; et tous les meubles, ses vêtements mêmes demeuraient à leur place comme ils se trouvaient au dernier jour.

Mais la vie se faisait dure pour lui. Ses appointements, qui, entre les mains de sa femme, suffisaient à tous les besoins du ménage, devenaient, à présent, insuffisants pour lui tout seul. Et il se demandait avec stupeur comment elle avait su s'y prendre pour lui faire boire toujours des vins excellents et manger des nourritures délicates qu'il ne pouvait plus se procurer avec ses modestes ressources.

Il fit quelques dettes et courut après l'argent à la façon des gens réduits aux expédients. Un matin enfin, comme il se trouvait sans un sou, une semaine entière avant la fin du mois, il songea à vendre quelque chose ; et tout de suite la pensée lui vint de se défaire de la « pacotille » de sa femme, car il avait gardé au fond du cœur une sorte de rancune contre ces « trompe-l'œil » qui l'irritaient autrefois. Leur vue même, chaque jour, lui gâtait un peu le souvenir de sa bien-aimée.

Il chercha longtemps dans le tas de clinquants qu'elle avait laissés, car jusqu'aux derniers jours de sa vie elle en avait acheté obstinément, rapportant presque chaque soir un objet nouveau, et il se décida pour le grand collier qu'elle semblait préférer, et qui pouvait bien valoir, pensait-il, six ou huit francs, car il était vraiment d'un travail très soigné pour du faux.

Il le mit en sa poche et s'en alla vers son ministère en suivant les boulevards, cherchant une boutique de bijoutier qui lui inspirât confiance.

Il en vit une enfin et entra, un peu honteux d'étaler ainsi sa misère et de chercher à vendre une chose de si peu de prix.

« Monsieur, dit-il au marchand, je voudrais bien savoir ce que vous estimez ce morceau. »

L'homme reçut l'objet, l'examina, le retourna, le soupesa, prit une loupe, appela son commis, lui fit tout bas des remarques, reposa le collier sur son comptoir et le regarda de loin pour mieux juger de l'effet.

M. Lantin, gêné par toutes ces cérémonies, ouvrait la bouche pour déclarer : « Oh ! je sais bien que cela n'a aucune valeur», — quand le bijoutier prononça:

«Monsieur, cela vaut de douze à quinze mille francs; mais je ne pourrais l'acheter que si vous m'en faisiez connaître exactement la provenance.»

Le veuf ouvrit des yeux énormes et demeura béant, ne comprenant pas. Il balbutia enfin: «Vous dites?... Vous êtes sûr.» L'autre se méprit sur son étonnement, et, d'un ton sec: «Vous pouvez chercher ailleurs si on vous en donne davantage. Pour moi cela vaut, au plus, quinze mille. Vous reviendrez me trouver si vous ne trouvez pas mieux.»

M. Lantin, tout à fait idiot, reprit son collier et s'en alla, obéissant à un confus besoin de se trouver seul et de réfléchir.

Mais, dès qu'il fut dans la rue, un besoin de rire le saisit, et il pensa: «L'imbécile! oh! l'imbécile! Si je l'avais pris au mot tout de même! En voilà un bijoutier qui ne sait pas distinguer le faux du vrai!»

Et il pénétra chez un autre marchand à l'entrée de la rue de la Paix. Dès qu'il eut aperçu le bijou, l'orfèvre s'écria:

«Ah! parbleu; je le connais bien, ce collier; il vient de chez moi.»

M. Lantin, fort troublé, demanda:

«Combien vaut-il?

— Monsieur, je l'ai vendu vingt-cinq mille. Je suis prêt à le reprendre pour dix-huit mille, quand vous m'aurez indiqué, pour obéir aux prescriptions légales, comment vous en êtes détenteur. » Cette fois M. Lantin s'assit perclus d'étonnement. Il reprit : « Mais... mais, examinez-le bien attentivement, monsieur, j'avais cru jusqu'ici qu'il était en... faux. »

Le joaillier reprit : « Voulez-vous me dire votre nom, monsieur ?

— Parfaitement. Je m'appelle Lantin, je suis employé au ministère de l'intérieur, je demeure 16, rue des Martyrs[1]. »

Le marchand ouvrit ses registres, rechercha, et prononça : « Ce collier a été envoyé en effet à l'adresse de Mme Lantin, 16, rue des Martyrs, le 20 juillet 1876. »

Et les deux hommes se regardèrent dans les yeux, l'employé éperdu de surprise, l'orfèvre flairant un voleur.

Celui-ci reprit : « Voulez-vous me laisser cet objet pendant vingt-quatre heures seulement, je vais vous en donner un reçu ? »

M. Lantin balbutia : « Mais oui, certainement. » Et il sortit en pliant le papier qu'il mit dans sa poche.

Puis il traversa la rue, la remonta, s'aperçut qu'il se trompait de route, redescendit aux Tuileries, passa la Seine, reconnut encore son erreur, revint aux Champs-Élysées sans une idée nette dans la tête. Il s'efforçait de raisonner, de comprendre. Sa femme n'avait pu acheter un objet d'une pareille valeur. — Non, certes. — Mais alors, c'était un cadeau ! Un cadeau ! Un cadeau de qui ? Pourquoi ?

Il s'était arrêté, et il demeurait debout au milieu de l'avenue. Le doute horrible l'effleura.

— Elle ? — Mais alors tous les autres bijoux étaient aussi des cadeaux ! Il lui sembla que la terre remuait ; qu'un arbre, devant lui, s'abattait ; il étendit les bras et s'écroula, privé de sentiment.

Il reprit connaissance dans la boutique d'un pharmacien où les passants l'avaient porté. Il se fit reconduire chez lui, et s'enferma.

Jusqu'à la nuit il pleura éperdument, mordant un mouchoir pour ne pas crier. Puis il se mit au lit accablé de fatigue et de chagrin, et il dormit d'un pesant sommeil.

Un rayon de soleil le réveilla, et il se leva lentement pour aller à son ministère. C'était dur de travailler après de pareilles secousses. Il réfléchit alors qu'il pouvait s'excuser auprès de son chef ; et il lui écrivit. Puis il songea qu'il fallait retourner chez le bijoutier ; et une honte l'empourpra. Il demeura longtemps à réfléchir. Il ne pouvait pourtant pas laisser le collier chez cet homme, il s'habilla et sortit.

Il faisait beau, le ciel bleu s'étendait sur la ville qui semblait sourire. Des flâneurs allaient devant eux, les mains dans leurs poches.

Lantin se dit, en les regardant passer : « Comme on est heureux quand on a de la fortune ! Avec de l'argent on peut secouer jusqu'aux chagrins, on va où l'on veut, on voyage, on se distrait ! Oh ! si j'étais riche ! »

Il s'aperçut qu'il avait faim, n'ayant pas mangé depuis l'avant-veille. Mais sa poche était vide, et il se ressouvint du collier. Dix-huit mille francs ! Dix-huit mille francs ! c'était une somme, cela !

Il gagna la rue de la Paix et commença à se promener de long en large sur le trottoir, en face de la boutique. Dix-huit mille francs ! Vingt fois il faillit entrer ; mais la honte l'arrêtait toujours.

Il avait faim pourtant, grand'faim, et pas un sou. Il se décida brusquement, traversa la rue en courant, pour ne pas se laisser le temps de réfléchir et il se précipita chez l'orfèvre.

Dès qu'il l'aperçut, le marchand s'empressa, offrit un siège avec une politesse souriante. Les commis eux-mêmes arrivèrent, qui regardaient de côté Lantin, avec des gaietés dans les yeux et sur les lèvres.

Le bijoutier déclara : « Je me suis renseigné, monsieur, et si vous êtes toujours dans les mêmes dispositions, je suis prêt à vous payer la somme que je vous ai proposée. »

L'employé balbutia : « Mais certainement. »

L'orfèvre tira d'un tiroir dix-huit grands billets, les compta, les tendit à Lantin, qui signa un petit reçu et mit d'une main frémissante l'argent dans sa poche.

Puis, comme il allait sortir, il se tourna vers le marchand qui souriait toujours, et, baissant les yeux : « J'ai... j'ai d'autres bijoux... qui me viennent... de la même succession. Vous conviendrait-il de me les acheter aussi ? »

Le marchand s'inclina : « Mais certainement, monsieur. » Un des commis sortit pour rire à son aise ; un autre se mouchait avec force.

Lantin impassible, rouge et grave, annonça : « Je vais vous les apporter. »

Et il prit un fiacre pour aller chercher les joyaux.

Quand il revint chez le marchand, une heure plus tard, il n'avait pas encore déjeuné. Ils se mirent à examiner les objets pièce à pièce, évaluant chacun. Presque tous venaient de la maison.

Lantin, maintenant, discutait les estimations, se fâchait, exigeait qu'on lui montrât les livres de vente, et parlait de plus en plus haut à mesure que s'élevait la somme.

Les gros brillants d'oreilles valent vingt mille francs, les bracelets trente-cinq mille, les broches, bagues et médaillons seize mille, une parure d'émeraudes et de saphirs quatorze mille ; un solitaire suspendu à une chaîne d'or formant collier quarante mille ; le tout atteignant le chiffre de cent quatre-vingt-seize mille francs.

Le marchand déclara avec une bonhomie railleuse : « Cela vient d'une personne qui mettait toutes ses économies en bijoux. »

Lantin prononça gravement : « C'est une manière comme une autre de placer son argent. » Et il s'en alla après avoir décidé avec l'acquéreur qu'une contre-expertise aurait lieu le lendemain.

Quand il se trouva dans la rue, il regarda la colonne Vendôme avec l'envie d'y grimper, comme si c'eût été un mât de cocagne. Il se sentait léger à jouer à saute-mouton par-dessus la statue de l'Empereur perché là-haut dans le ciel.

Il alla déjeuner chez Voisin[1] et but du vin à vingt francs la bouteille.

Puis il prit un fiacre et fit un tour au Bois. Il regardait les équipages avec un certain mépris, oppressé du désir de crier aux passants : « Je suis riche aussi, moi. J'ai deux cent mille francs ! »

Le souvenir de son ministère lui revint. Il s'y fit conduire, entra délibérément chez son chef et annonça : « Je viens, monsieur, vous donner ma démission. J'ai fait un héritage de trois cent mille francs. » Il alla serrer la main de ses anciens collègues et leur confia ses projets d'existence nouvelle ; puis il dîna au café Anglais[2].

Se trouvant à côté d'un monsieur qui lui parut distingué, il ne put résister à la démangeaison de lui confier, avec une certaine coquetterie, qu'il venait d'hériter de quatre cent mille francs.

Pour la première fois de sa vie il ne s'ennuya pas au théâtre, et il passa sa nuit avec des filles.

Six mois plus tard il se remariait. Sa seconde femme était très honnête, mais d'un caractère difficile. Elle le fit beaucoup souffrir.

APPARITION[1]

On parlait de séquestration à propos d'un procès récent[2]. C'était à la fin d'une soirée intime, rue de Grenelle, dans un ancien hôtel, et chacun avait son histoire, une histoire qu'il affirmait vraie.

Alors le vieux marquis de la Tour-Samuel, âgé de quatre-vingt-deux ans, se leva et vint s'appuyer à la cheminée. Il dit de sa voix un peu tremblante :

*

Moi aussi, je sais une chose étrange, tellement étrange, qu'elle a été l'obsession de ma vie. Voici maintenant cinquante-six ans que cette aventure m'est arrivée, et il ne se passe pas un mois sans que je la revoie en rêve. Il m'est demeuré de ce jour-là une marque, une empreinte de peur, me comprenez-vous ? Oui, j'ai subi l'horrible épouvante, pendant dix minutes, d'une telle façon que depuis cette heure une sorte de terreur constante m'est restée dans l'âme. Les bruits inattendus me font tressaillir jusqu'au cœur ; les objets que je distingue mal dans l'ombre du soir me donnent une envie folle de me sauver. J'ai peur la nuit, enfin.

Oh ! je n'aurais pas avoué cela avant d'être arrivé à l'âge où je suis. Maintenant je peux tout dire. Il est permis de n'être pas brave devant les dangers imaginaires, quand on a quatre-vingt-deux ans. Devant les dangers véritables, je n'ai jamais reculé, mesdames.

Cette histoire m'a tellement bouleversé l'esprit, a jeté en moi un trouble si profond, si mystérieux, si épouvantable, que je ne l'ai même jamais racontée. Je l'ai gardée dans le fond intime de moi, dans ce fond où l'on cache les secrets pénibles, les secrets honteux, toutes les inavouables faiblesses que nous avons dans notre existence.

Je vais vous dire l'aventure telle quelle, sans chercher à l'expliquer. Il est bien certain qu'elle est explicable, à moins que je n'aie eu mon heure de folie. Mais non, je n'ai pas été fou, et je vous en donnerai la preuve. Imaginez ce que vous voudrez. Voici les faits tout simples.

C'était en 1827, au mois de juillet. Je me trouvais à Rouen en garnison.

Un jour, comme je me promenais sur le quai, je rencontrai un homme que je crus reconnaître sans me rappeler au juste qui c'était. Je fis, par instinct, un mouvement pour m'arrêter. L'étranger aperçut ce geste, me regarda et tomba dans mes bras.

C'était un ami de jeunesse que j'avais beaucoup aimé. Depuis cinq ans que je ne l'avais vu, il semblait vieilli d'un demi-siècle. Ses cheveux étaient tout blancs ; et il marchait courbé, comme épuisé. Il comprit ma surprise et me conta sa vie. Un malheur terrible l'avait brisé.

Devenu follement amoureux d'une jeune fille, il l'avait épousée dans une sorte d'extase de bonheur. Après un an d'une félicité surhumaine et d'une passion inapaisée, elle était morte subitement d'une maladie de cœur, tuée par l'amour lui-même, sans doute.

Il avait quitté son château le jour même de l'enterrement, et il était venu habiter son hôtel de Rouen. Il vivait là, solitaire et désespéré, rongé par la douleur, si misérable qu'il ne pensait qu'au suicide.

« Puisque je te retrouve ainsi, me dit-il, je te demanderai de me rendre un grand service, c'est d'aller chercher chez moi dans le secrétaire de ma chambre, de notre chambre, quelques papiers dont j'ai un urgent besoin. Je ne puis charger de ce soin un subalterne ou un homme d'affaires, car il me faut une impénétrable discrétion et un silence absolu. Quant à moi, pour rien au monde je ne rentrerai dans cette maison.

« Je te donnerai la clef de cette chambre que j'ai fermée moi-même en partant, et la clef de mon secrétaire. Tu remettras en outre un mot de moi à mon jardinier qui t'ouvrira le château.

« Mais viens déjeuner avec moi demain, et nous causerons de cela. »

Je lui promis de lui rendre ce léger service. Ce n'était d'ailleurs qu'une promenade pour moi, son domaine se trouvant situé à cinq lieues de Rouen environ. J'en avais pour une heure à cheval.

À dix heures, le lendemain, j'étais chez lui. Nous déjeunâmes en tête à tête ; mais il ne prononça pas vingt paroles. Il me pria de l'excuser ; la pensée de la visite que j'allais faire dans cette chambre, où gisait son bonheur, le bouleversait, me disait-il. Il me parut en effet singulièrement agité, préoccupé, comme si un mystérieux combat se fût livré dans son âme.

Enfin il m'expliqua exactement ce que je devais faire. C'était bien simple. Il me fallait prendre deux paquets de lettres et une liasse de papiers enfermés dans le premier tiroir de droite du meuble dont j'avais la clef. Il ajouta :

« Je n'ai pas besoin de te prier de n'y point jeter les yeux. »

Je fus presque blessé de cette parole, et je le lui dis un peu vivement. Il balbutia :

« Pardonne-moi, je souffre trop. »

Et il se mit à pleurer.

Je le quittai vers une heure pour accomplir ma mission.

Il faisait un temps radieux, et j'allais au grand trot à travers les prairies, écoutant des chants d'alouettes et le bruit rythmé de mon sabre sur ma botte.

Puis j'entrai dans la forêt et je mis au pas mon cheval. Des branches d'arbres me caressaient le visage ; et parfois j'attrapais une

GIBERT JOSEPH LIVRE
Tel:0144818888 Fax:0140468362
26 BD SAINT MICHEL
75278 PARIS CEDEX 06

Date 26/02/2002 15:14:05
Poste 4 Cloture 46
Caissière 1 Ticket 264

Qte	Article	Prix	
1	CLAIR DE LUNE	4,50	2

Esp�ces 4,50 EUR
4,50 EUR

1 4,50
= 29,52 FRF

C=Taux	HT	TVA	TTC
2= 5,50%	4,27	0,23	4,50

Merci pour votre achat

feuille avec mes dents et je la mâchais avidement, dans une de ces joies de vivre qui vous emplissent, on ne sait pourquoi, d'un bonheur tumultueux et comme insaisissable, d'une sorte d'ivresse de force.

En approchant du château, je cherchais dans ma poche la lettre que j'avais pour le jardinier, et je m'aperçus avec étonnement qu'elle était cachetée. Je fus tellement surpris et irrité que je faillis revenir sans m'acquitter de ma commission. Puis je songeai que j'allais montrer là une susceptibilité de mauvais goût. Mon ami avait pu d'ailleurs fermer ce mot sans y prendre garde, dans le trouble où il était.

Le manoir semblait abandonné depuis vingt ans. La barrière, ouverte et pourrie, tenait debout on ne sait comment. L'herbe emplissait les allées; on ne distinguait plus les plates-bandes du gazon.

Au bruit que je fis en tapant à coups de pied dans un volet un vieil homme sortit d'une porte de côté et parut stupéfait de me voir. Je sautai à terre et je remis ma lettre. Il la lut, la relut, la retourna, me considéra en dessous, mit le papier dans sa poche et prononça:

« Eh bien! qu'est-ce que vous désirez? »

Je répondis brusquement:

« Vous devez le savoir, puisque vous avez reçu là-dedans les ordres de votre maître; je veux entrer dans ce château. »

Il semblait atterré. Il déclara:

« Alors, vous allez dans... dans sa chambre? »

Je commençais à m'impatienter.

« Parbleu ! Mais est-ce que vous auriez l'intention de m'interroger, par hasard ? »

Il balbutia :

« Non... monsieur... mais c'est que... c'est qu'elle n'a pas été ouverte depuis... depuis la... mort. Si vous voulez m'attendre cinq minutes, je vais aller... aller voir si... »

Je l'interrompis avec colère :

« Ah ! çà, voyons, vous fichez-vous de moi ? Vous n'y pouvez pas entrer, puisque voici la clef. »

Il ne savait plus que dire.

« Alors, monsieur, je vais vous montrer la route.

— Montrez-moi l'escalier et laissez-moi seul. Je la trouverai bien sans vous.

— Mais... monsieur... cependant... »

Cette fois, je m'emportai tout à fait :

« Maintenant, taisez-vous, n'est-ce pas ? ou vous aurez affaire à moi. »

Je l'écartai violemment et je pénétrai dans la maison.

Je traversai d'abord la cuisine, puis deux petites pièces que cet homme habitait avec sa femme. Je franchis ensuite un grand vestibule, je montai l'escalier et je reconnus la porte indiquée par mon ami.

Je l'ouvris sans peine et j'entrai.

L'appartement était tellement sombre que je n'y distinguai rien d'abord. Je m'arrêtai, saisi par cette odeur moisie et fade des pièces inhabitées et condamnées, des chambres mortes. Puis, peu à peu, mes yeux s'habituèrent à l'obscurité, et je vis assez nettement une grande pièce en désordre, avec un lit sans draps, mais gardant ses matelas et ses oreillers, dont l'un portait l'empreinte profonde d'un coude ou d'une tête comme si on venait de se poser dessus.

Les sièges semblaient en déroute. Je remarquai qu'une porte, celle d'une armoire sans doute, était demeurée entrouverte.

J'allai d'abord à la fenêtre pour donner du jour et je l'ouvris ; mais les ferrures du contrevent étaient tellement rouillées que je ne pus les faire céder.

J'essayai même de les casser avec mon sabre, sans y parvenir. Comme je m'irritais de ces efforts inutiles, et comme mes yeux s'étaient enfin parfaitement accoutumés à l'ombre, je renonçai à l'espoir d'y voir plus clair et j'allai au secrétaire.

Je m'assis dans un fauteuil, j'abattis la tablette, j'ouvris le tiroir indiqué. Il était plein jusqu'aux bords. Il ne me fallait que trois paquets, que je savais comment reconnaître, et je me mis à les chercher.

Je m'écarquillais les yeux à déchiffrer les suscriptions, quand je crus entendre ou plutôt sentir un frôlement derrière moi. Je n'y pris point garde, pensant qu'un courant d'air avait fait remuer quelque étoffe. Mais, au bout d'une minute, un autre mouvement, presque indistinct, me fit passer sur la peau un singulier petit frisson désagréable. C'était tellement bête d'être ému, même à peine, que je ne voulus pas me retourner, par pudeur pour moi-même. Je venais alors de découvrir la seconde des liasses qu'il me fallait ; et je trouvais justement la troisième, quand un grand et pénible soupir, poussé contre mon épaule, me fit faire un bond de fou à deux mètres de là. Dans mon élan je m'étais retourné, la main sur la poignée de mon sabre, et certes, si je ne l'avais pas senti à mon côté, je me serais enfui comme un lâche.

Une grande femme vêtue de blanc me regardait, debout derrière le fauteuil où j'étais assis une seconde plus tôt.

Une telle secousse me courut dans les membres que je faillis m'abattre à la renverse ! Oh ! personne ne peut comprendre, à moins de les avoir ressenties, ces épouvantables et stupides terreurs. L'âme se fond ; on ne sent plus son cœur ; le corps entier devient mou comme une éponge ; on dirait que tout l'intérieur de nous s'écroule.

Je ne crois pas au fantômes ; eh bien ! j'ai défailli sous la hideuse peur des morts, et j'ai souffert, oh ! souffert en quelques instants plus qu'en tout le reste de ma vie, dans l'angoisse irrésistible des épouvantes surnaturelles.

Si elle n'avait pas parlé, je serais mort peut-être ! Mais elle parla ; elle parla d'une voix douce et douloureuse qui faisait vibrer les nerfs. Je n'oserais pas dire que je redevins maître de moi et que je retrouvai ma raison. Non. J'étais éperdu à ne plus savoir ce que je faisais ; mais cette espèce de fierté intime que j'ai en moi, un peu d'orgueil de métier aussi, me faisaient garder, presque malgré moi, une contenance honorable. Je posais pour moi, et pour elle sans doute, pour elle, quelle qu'elle fût, femme ou spectre. Je me suis rendu compte de tout cela plus tard, car je vous assure que, dans l'instant de l'apparition, je ne songeais à rien. J'avais peur.

Elle dit :

« Oh ! monsieur, vous pouvez me rendre un grand service ! »

Je voulus répondre, mais il me fut impossible de prononcer un mot. Un bruit vague sortit de ma gorge.

Elle reprit :

« Voulez-vous ? Vous pouvez me sauver, me guérir. Je souffre affreusement. Je souffre, oh ! je souffre ! »

Et elle s'assit doucement dans mon fauteuil. Elle me regardait :

« Voulez-vous ? »

Je fis : « Oui ! » de la tête, ayant encore la voix paralysée.

Alors elle me tendit un peigne en écaille et elle murmura :

« Peignez-moi, oh ! peignez-moi ; cela me guérira ; il faut qu'on me peigne. Regardez ma tête... Comme je souffre ; et mes cheveux comme ils me font mal ! »

Ses cheveux dénoués, très longs, très noirs, me semblait-il, pendaient par-dessus le dossier du fauteuil et touchaient la terre.

Pourquoi ai-je fait ceci ? Pourquoi ai-je reçu en frissonnant ce peigne, et pourquoi ai-je pris dans mes mains ses longs cheveux qui me donnèrent à la peau une sensation de froid atroce comme si j'eusse manié des serpents ? Je n'en sais rien.

Cette sensation m'est restée dans les doigts et je tressaille en y songeant.

Je la peignai. Je maniai je ne sais comment cette chevelure de glace. Je la tordis, je la renouai et la dénouai ; je la tressai comme on tresse la crinière d'un cheval. Elle soupirait, penchait la tête, semblait heureuse.

Soudain elle me dit : « Merci ! » m'arracha le peigne des mains et s'enfuit par la porte que j'avais remarquée entrouverte.

Resté seul, j'eus, pendant quelques secondes, ce trouble effaré des réveils après les cauchemars. Puis je repris enfin mes sens ; je courus à la fenêtre et je brisai les contrevents d'une poussée furieuse.

Un flot de jour entra. Je m'élançai sur la porte par où cet être était parti. Je la trouvai fermée et inébranlable.

Alors une fièvre de fuite m'envahit, une panique, la vraie panique des batailles. Je saisis brusquement les trois paquets de lettres sur le secrétaire ouvert ; je traversai l'appartement en courant, je sautai les marches de l'escalier quatre par quatre, je me trouvai dehors je ne sais par où, et, apercevant mon cheval à dix pas de moi, je l'enfourchai d'un bond et partis au galop.

Je ne m'arrêtai qu'à Rouen, et devant mon logis. Ayant jeté la bride à mon ordonnance, je me sauvai dans ma chambre où je m'enfermai pour réfléchir.

Alors, pendant une heure, je me demandai anxieusement si je n'avais pas été le jouet d'une hallucination. Certes, j'avais eu un de ces incompréhensibles ébranlements nerveux, un de ces affolements du cerveau qui enfantent les miracles, à qui le Surnaturel doit sa puissance.

Et j'allais croire à une vision, à une erreur de mes sens, quand je m'approchai de ma fenêtre. Mes yeux, par hasard, descendirent sur ma poitrine. Mon dolman était plein de longs cheveux de femme qui s'étaient enroulés aux boutons !

Je les saisis un à un et je les jetai dehors avec des tremblements dans les doigts.

Puis j'appelai mon ordonnance. Je me sentais trop ému, trop troublé, pour aller le jour même chez mon ami. Et puis je voulais mûrement réfléchir à ce que je devais lui dire.

Je lui fis porter ses lettres, dont il remit un reçu au soldat. Il s'informa beaucoup de moi. On lui dit que j'étais souffrant, que j'avais reçu un coup de soleil, je ne sais quoi. Il parut inquiet.

Je me rendis chez lui le lendemain, dès l'aube, résolu à lui dire la vérité. Il était sorti la veille au soir et pas rentré.

Je revins dans la journée, on ne l'avait pas revu. J'attendis une semaine. Il ne reparut pas. Alors je prévins la justice. On le fit rechercher partout, sans découvrir une trace de son passage ou de sa retraite.

Une visite minutieuse fut faite du château abandonné. On n'y découvrit rien de suspect. Aucun indice ne révéla qu'une femme y eût été cachée.

L'enquête n'aboutissant à rien, les recherches furent interrompues.

Et, depuis cinquante-six ans, je n'ai rien appris. Je ne sais rien de plus.

LA PORTE[1]

Ah! s'écria Karl Massouligny[2], en voici une question difficile, celle des maris complaisants! Certes, j'en ai vu de toutes sortes; eh bien, je ne saurais avoir une opinion sur un seul. J'ai souvent essayé de déterminer s'ils sont en vérité aveugles, clairvoyants ou faibles. Il en est, je crois, de ces trois catégories.

Passons vite sur les aveugles. Ce ne sont point des complaisants d'ailleurs, ceux-là, puisqu'ils ne savent pas, mais de bonnes bêtes qui ne voient jamais plus loin que leur nez[3]. C'est, d'ailleurs, une chose curieuse et intéressante à noter que la facilité des hommes, de tous les hommes, et même des femmes, de toutes les femmes à se laisser tromper. Nous sommes pris aux moindres ruses de tous ceux qui nous entourent, de nos enfants, de nos amis, de nos domestiques, de nos fournisseurs. L'humanité est crédule; et nous ne déployons point pour soupçonner, deviner et déjouer les adresses des autres, le dixième de la finesse que nous employons quand nous voulons, à notre tour, tromper quelqu'un.

Les maris clairvoyants appartiennent à trois races. Ceux qui ont intérêt, un intérêt d'argent, d'ambition, ou autre, à ce que leur femme ait un amant, ou des amants[1]. Ceux-ci demandent seulement de sauvegarder, à peu près, les apparences, et sont satisfaits de la chose.

Ceux qui ragent. Il y aurait un beau roman à faire sur eux.

Enfin les faibles ! ceux qui ont peur du scandale.

Il y a aussi les impuissants, ou plutôt les fatigués, qui fuient le lit conjugal par crainte de l'ataxie ou de l'apoplexie et qui se résignent à voir un ami courir ces dangers[2].

Quant à moi, j'ai connu un mari d'une espèce assez rare et qui s'est défendu de l'accident commun d'une façon spirituelle et bizarre.

J'avais fait à Paris la connaissance d'un ménage élégant, mondain, très lancé. La femme, une agitée, grande, mince, fort entourée, passait pour avoir eu des aventures. Elle me plut par son esprit et je crois que je lui plus aussi. Je lui fis la cour, une cour d'essai à laquelle elle répondit par des provocations évidentes. Nous en fûmes bientôt aux regards tendres, aux mains pressées, à toutes les petites galanteries qui précèdent la grande attaque.

J'hésitais cependant. J'estime en somme que la plupart des liaisons mondaines, même très courtes, ne valent pas le mal qu'elles nous donnent ni tous les ennuis qui peuvent en résulter.

Je comparais donc mentalement les agréments et les inconvénients que je pouvais espérer et redouter quand je crus m'apercevoir que le mari me suspectait et me surveillait.

Un soir, dans un bal, comme je disais des douceurs à la jeune femme, dans un petit salon attenant aux grands où l'on dansait, j'aperçus soudain dans une glace le reflet d'un visage qui nous épiait. C'était lui. Nos regards se croisèrent, puis je le vis, toujours dans le miroir, tourner la tête et s'en aller.

Je murmurai :

« Votre mari nous espionne. »

Elle sembla stupéfaite.

« Mon mari ?

— Oui, voici plusieurs fois qu'il nous guette.

— Allons donc ! Vous êtes sûr ?

— Très sûr.

— Comme c'est bizarre ! Il se montre au contraire ordinairement on ne peut plus aimable avec mes amis.

— C'est qu'il a peut-être deviné que je vous aime !

— Allons donc ? Et puis vous n'êtes pas le premier qui me fasse la cour. Toute femme un peu en vue traîne un troupeau de soupireurs[1].

— Oui. Mais moi, je vous aime profondément.

— En admettant que ce soit vrai, est-ce qu'un mari devine jamais ces choses-là ?

— Alors, il n'est pas jaloux ?

— Non... non... »

Elle réfléchit quelques instants, puis reprit :

« Non… Je ne me suis jamais aperçue qu'il fût jaloux.

— Il ne vous a jamais… jamais surveillée ?

— Non, comme je vous le disais, il est très aimable avec mes amis. »

À partir de ce jour, je fis une cour plus régulière. La femme ne me plaisait pas davantage, mais la jalousie probable du mari me tentait beaucoup.

Quant à elle, je la jugeais avec froideur et lucidité. Elle avait un certain charme mondain provenant d'un esprit alerte, gai, aimable et superficiel, mais aucune séduction réelle et profonde. C'était, comme je vous l'ai dit déjà, une agitée, toute en dehors, d'une élégance un peu tapageuse. Comment vous bien l'expliquer ? C'était… c'était un décor… pas un logis.

Or, voilà qu'un jour, comme j'avais dîné chez elle, son mari, au moment où je me retirais, me dit :

« Mon cher ami (il me traitait d'ami depuis quelque temps), nous allons partir bientôt pour la campagne. Or c'est, pour ma femme et pour moi, un grand plaisir d'y recevoir les gens que nous aimons. Voulez-vous accepter de venir passer un mois chez nous. Ce serait très gracieux de votre part. »

Je fus stupéfait, mais j'acceptai.

Donc, un mois plus tard, j'arrivais chez eux dans leur domaine de Vertcresson, en Touraine.

On m'attendait à la gare, à cinq kilomètres du château. Ils étaient trois, elle, le mari, et un monsieur inconnu, le comte de Morterade à qui je fus présenté. Il eut l'air ravi de faire ma connaissance ; et les idées les plus bizarres me passèrent dans l'esprit pendant que nous suivions au grand trot un joli chemin profond, entre deux haies de verdure. Je me disais : « Voyons, qu'est-ce que cela veut dire ? Voilà un mari qui ne peut douter que sa femme et moi soyons en galanterie, et il m'invite chez lui, me reçoit comme un intime, a l'air de me dire : "Allez, allez, mon cher, la voie est libre !" »

Puis on me présente un monsieur, fort bien, ma foi, installé déjà dans la maison, et... et qui cherche peut-être à en sortir et qui a l'air aussi content que le mari lui-même de mon arrivée.

Est-ce un ancien qui veut sa retraite ? On le croirait. — Mais alors ? Les deux hommes seraient donc d'accord, tacitement, par une de ces jolies petites pactisations infâmes si communes dans la société ? Et on me propose, sans rien me dire, d'entrer dans l'association, en prenant la suite. On me tend les mains, et on me tend les bras. On m'ouvre toutes les portes et tous les cœurs.

Elle ? Une énigme. Elle ne doit, elle ne peut rien ignorer. Pourtant ?... pourtant ?... voilà... Je n'y comprends rien !

Le dîner fut très gai et très cordial. En sortant de table, le mari et son ami se mirent à jouer aux cartes tandis que j'allai contempler le clair de lune, sur le perron, avec madame. Elle semblait très émue par la nature ; et je jugeai que le moment de mon bonheur était proche. Ce soir-là vraiment je la trouvai charmante. La campagne l'avait attendrie, ou plutôt alanguie. Sa longue taille mince était jolie sur le perron de pierre, à côté du grand vase qui portait une plante. J'avais envie de l'entraîner sous les arbres et de me jeter à ses genoux en lui disant des paroles d'amour.

La voix de son mari cria :

« Louise ?

— Oui, mon ami.

— Tu oublies le thé.

— J'y vais, mon ami. »

Nous rentrâmes ; et elle nous servit le thé. Les deux hommes, leur partie de cartes terminée, avaient visiblement sommeil. Il fallut monter dans nos chambres. Je dormis très tard et très mal.

Le lendemain une excursion fut décidée dans l'après-midi ; et nous partîmes en landau découvert pour aller visiter des ruines quelconques. Nous étions, elle et moi, dans le fond de la voiture, et eux en face de nous, à reculons.

On causait avec entrain, avec sympathie, avec abandon. Je suis orphelin, et il me semblait que je venais de retrouver ma famille tant je me sentais chez moi, auprès d'eux.

Tout à coup, comme elle avait allongé son pied entre les jambes de son mari, il murmura avec un air de reproche : « Louise, je vous en prie, n'usez pas vous-même vos vieilles chaussures. Il n'y a pas de raison pour se soigner davantage à Paris qu'à la campagne. »

Je baissai les yeux. Elle portait en effet de vieilles bottines tournées et je m'aperçus que son bas n'était point tendu.

Elle avait rougi en retirant son pied sous sa robe. L'ami regardait au loin d'un air indifférent et dégagé des choses.

Le mari m'offrit un cigare que j'acceptai. Pendant plusieurs jours, il me fut impossible de rester seul avec elle deux minutes, tant il nous suivait partout. Il était délicieux pour moi d'ailleurs.

Or, un matin, comme il m'était venu chercher pour faire une promenade à pied, avant déjeuner, nous en vînmes à parler du mariage. Je dis quelques phrases sur la solitude et quelques autres sur la vie commune rendue charmante par la tendresse d'une femme. Il m'interrompit tout à coup : « Mon cher, ne parlez pas de ce que vous ne connaissez point. Une femme, qui n'a plus d'intérêt à vous aimer, ne vous aime pas longtemps. Toutes les coquetteries qui les font exquises, quand elles ne nous appartiennent pas définitivement, cessent dès qu'elles sont à nous. Et puis d'ailleurs... les femmes honnêtes... c'est-à-dire nos femmes... sont... ne sont pas... manquent de... enfin ne connaissent pas assez leur métier de femme. Voilà... je m'entends. »

Il n'en dit pas davantage et je ne pus deviner au juste sa pensée.

Deux jours après cette conversation il m'appela dans sa chambre, de très bonne heure, pour me montrer une collection de gravures.

Je m'assis dans un fauteuil, en face de la grande porte qui séparait son appartement de celui de sa femme, et derrière cette porte, j'entendais marcher, remuer, et je ne songeais guère aux gravures, tout en m'écriant : « Oh ! délicieux ! exquis ! exquis ! »

Il dit soudain :

« Oh ! mais j'ai une merveille, à côté. Je vais vous la chercher. »

Et il se précipita sur la porte, dont les deux battants s'ouvrirent comme pour un effet de théâtre.

Dans une grande pièce en désordre, au milieu de jupes, de cols, de corsages semés par terre, un grand être sec, dépeigné, le bas du corps couvert d'une vieille jupe de soie fripée qui collait sur sa croupe maigre, brossait devant une glace des cheveux blonds, courts et rares.

Ses bras formaient deux angles pointus ; et comme elle se retournait effarée, je vis sous une chemise de toile commune un cimetière de côtes qu'une fausse gorge de coton dissimulait en public[1].

Le mari poussa un cri fort naturel, rentra en refermant les portes, et d'un air navré : « Oh ! mon Dieu ! suis-je stupide ! Oh ! vraiment, suis-je bête ! Voilà une bévue que ma femme ne me pardonnera jamais ! »

Moi, j'avais envie, déjà, de le remercier.

Je partis trois jours plus tard, après avoir

vivement serré les mains des deux hommes et baisé celles de la femme qui me dit adieu froidement.

. . . .

Karl Massouligny se tut.

Quelqu'un demanda :

« Mais l'ami qu'était-ce ?

— Je ne sais pas... Cependant... cependant il avait l'air désolé de me voir partir si vite... »

LE PÈRE[1]

Jean de Valnoix est un ami que je vais voir de temps en temps. Il habite un petit manoir, au bord d'une rivière, dans un bois. Il s'était retiré là après avoir vécu à Paris, une vie de fou, pendant quinze ans. Tout à coup il en eut assez des plaisirs, des soupers, des hommes, des femmes, des cartes, de tout, et il vint habiter ce domaine où il était né.

Nous sommes deux ou trois qui allons passer, de temps en temps, quinze jours ou trois semaines avec lui. Il est certes enchanté de nous revoir quand nous arrivons, et ravi de se retrouver seul, quand nous partons.

Donc j'allai chez lui, la semaine dernière, et il me reçut à bras ouverts. Nous passions les heures tantôt ensemble, tantôt isolément. En général, il lit, et je travaille pendant le jour ; et chaque soir nous causons jusqu'à minuit.

Donc, mardi dernier, après une journée étouffante, nous étions assis tous les deux, vers neuf heures du soir, à regarder couler l'eau de la rivière, contre nos pieds : et nous échangions des idées très vagues sur les étoiles qui se baignaient dans le courant et semblaient nager devant nous. Nous échangions des idées très vagues, très confuses, très courtes, car nos esprits sont très bornés, très faibles, très impuissants. Moi je m'attendrissais sur le soleil qui meurt dans la Grande Ourse. On ne le voit plus que par les nuits claires, tant il pâlit. Quand le ciel est un peu brumeux, il disparaît, cet agonisant. Nous songions aux êtres qui peuplent ces mondes, à leurs formes inimaginables, à leurs facultés insoupçonnables, à leurs organes inconnus, aux animaux, aux plantes, à toutes les espèces, à tous les règnes, à toutes les essences, à toutes les matières, que le rêve de l'homme ne peut même effleurer[1].

Tout à coup une voix cria dans le lointain:

« Monsieur, monsieur ! »

Jean répondit :

« Ici, Baptiste. »

Et quand le domestique nous eut trouvés, il annonça :

« C'est la bohémienne de monsieur. »

Mon ami se mit à rire, d'un rire fou bien rare chez lui, puis il demanda :

« Nous sommes donc au 19 juillet ?

— Mais oui, monsieur.

— Très bien. Dites-lui de m'attendre. Faites-la souper. Je rentrerai dans dix minutes. »

Quand l'homme eut disparu, mon ami me prit le bras.

« Allons doucement, dit-il, je vais te conter cette histoire. »

*

Il y a maintenant sept ans, c'était l'année de mon arrivée ici, je sortis un soir pour faire un tour dans la forêt. Il faisait beau comme aujourd'hui ; et j'allais à petits pas sous les grands arbres, contemplant les étoiles à travers les feuilles, respirant et buvant à pleine poitrine le frais repos de la nuit et du bois.

Je venais de quitter Paris pour toujours. J'étais las, las, écœuré plus que je ne saurais dire par toutes les bêtises, toutes les bassesses, toutes les saletés que j'avais vues et auxquelles j'avais participé pendant quinze ans.

J'allai loin, très loin, dans ce bois profond, en suivant un chemin creux qui conduit au village de Crouzille, à quinze kilomètres d'ici.

Tout à coup mon chien, Bock, un grand saint-germain[1] qui ne me quittait jamais, s'arrêta net et se mit à grogner. Je crus à la présence d'un renard, d'un loup ou d'un sanglier ; et j'avançai doucement, sur la pointe des pieds, afin de ne pas faire de bruit ; mais soudain j'entendis des cris, des cris humains, plaintifs, étouffés, déchirants.

Certes, on assassinait quelqu'un dans un taillis, et je me mis à courir, serrant dans ma main droite une lourde canne de chêne, une vrai massue.

J'approchais des gémissements qui me parvenaient maintenant plus distincts, mais étrangement sourds. On eût dit qu'ils sortaient d'une maison, d'une hutte de charbonnier peut-être. Bock, trois pas devant moi, courait, s'arrêtait, repartait, très excité, grondant toujours. Soudain un autre chien, un gros chien noir, aux yeux de feu, nous barra la route. Je voyais très bien ses crocs blancs qui semblaient luire dans sa gueule.

Je courus sur lui la canne levée, mais déjà Bock avait sauté dessus et les deux bêtes se roulaient par terre, les gueules refermées sur les gorges. Je passai et je faillis heurter un cheval couché dans le chemin. Comme je m'arrêtais, fort surpris, pour examiner l'animal, j'aperçus devant moi une voiture, ou plutôt une maison roulante, une de ces maisons de saltimbanques et de marchands forains qui vont dans nos campagnes de foire en foire.

Les cris sortaient de là, affreux, continus. Comme la porte donnait de l'autre côté, je fis le tour de cette guimbarde et je montai brusquement les trois marches de bois, prêt à tomber sur le malfaiteur.

Ce que je vis me parut si étrange que je ne compris rien d'abord. Un homme, à genoux, semblait prier, tandis que dans le lit que contenait cette boîte, quelque chose d'impossible à reconnaître, un être à moitié nu, contourné, tordu, dont je ne voyais pas la figure, remuait, s'agitait et hurlait.

C'était une femme en mal d'enfant.

Dès que j'eus compris le genre d'accident provoquant ces plaintes, je fis connaître ma présence, et l'homme, une sorte de Marseillais affolé, me supplia de le sauver, de la sauver, me promettant avec des paroles innombrables une reconnaissance invraisemblable. Je n'avais jamais vu d'accouchement, jamais secouru un être femelle, femme, chienne ou chatte, en cette circonstance, et je le déclarai ingénument en regardant avec stupeur ce qui criait si fort dans le lit.

Puis quand j'eus repris mon sang-froid, je demandai à l'homme atterré pourquoi il n'allait pas jusqu'au prochain village. Son cheval tombant dans une ornière avait dû se casser la jambe et ne pouvait plus se lever.

« Eh bien ! mon brave, lui dis-je, nous sommes deux, à présent, nous allons traîner votre femme jusque chez moi. »

Mais les hurlements des chiens nous forcèrent à sortir, et il fallut les séparer à coups de bâton au risque de les tuer. Puis, j'eus l'idée de les atteler avec nous, l'un à droite, l'autre à gauche dans nos jambes, pour nous aider. En dix minutes tout fut prêt, et la voiture se mit en route lentement, secouant aux cahots des ornières profondes la pauvre femme au flanc déchiré.

Quelle route, mon cher ! Nous allions, haletant, râlant, en sueur, glissant et tombant parfois, tandis que nos pauvres chiens soufflaient comme des forges dans nos jambes.

Il fallut trois heures pour atteindre le château. Quand nous arrivâmes devant la porte, les cris avaient cessé dans la voiture. La mère et l'enfant se portaient bien.

On les coucha dans un bon lit, puis je fis atteler pour chercher un médecin, tandis que le Marseillais rassuré, consolé, triomphant, mangeait à étouffer et se grisait à mort pour célébrer cette heureuse naissance.

C'était une fille.

Je gardai ces gens-là huit jours chez moi. La mère, Mlle Elmire, était une somnambule extra-lucide qui me promit une vie interminable et des félicités sans nombre.

L'année suivante, jour pour jour, vers la tombée de la nuit, le domestique qui m'appela tout à l'heure vint me trouver dans le fumoir après dîner, et me dit: «C'est la bohémienne de l'an dernier qui vient remercier monsieur.»

J'ordonnai de la faire entrer et je demeurai stupéfait en apercevant à côté d'elle un grand garçon, gros et blond, un homme du Nord qui, m'ayant salué, prit la parole, comme chef de la communauté. Il avait appris ma bonté pour Mlle Elmire, et il n'avait pas voulu laisser passer cet anniversaire sans m'apporter leurs remerciements et le témoignage de leur reconnaissance.

Je leur offris à souper à la cuisine et l'hospitalité pour la nuit. Ils partirent le lendemain.

Or, la pauvre femme revient tous les ans, à la même date avec l'enfant, une superbe fillette, et un nouveau... seigneur chaque fois. Un seul, un Auvergnat qui me «remercia» bien, reparut deux ans de suite. La petite fille les appelle tous papa, comme on dit «monsieur» chez nous.

*

Nous arrivions au château et nous aperçûmes vaguement, debout devant le perron, trois ombres qui nous attendaient.

La plus haute fit quatre pas, et avec un grand salut :

« Monsieur le Comte, nous sommes venus ce jour, savez-vous, vous témoigner de notre reconnaissance... »

C'était un Belge !

Après lui, la plus petite parla, avec cette voix apprêtée et factice des enfants qui récitent un compliment.

Moi, jouant l'innocent, je pris à part Mme Elmire, et, après quelques propos, je lui demandai :

« C'est le père de votre enfant ?

— Oh ! non, monsieur.

— Et le père, il est mort ?

— Oh ! non, monsieur. Nous nous voyons encore quelquefois. Il est gendarme.

— Ah ! bah ! Alors ce n'était pas le Marseillais, le premier, celui de l'accouchement ?

— Oh ! non, monsieur. Celui-là c'était une crapule qui m'a volé mes économies.

— Et le gendarme, le vrai père, connaît-il son enfant ?

— Oh ! oui, monsieur, et même il l'aime bien ; mais il ne peut pas s'en occuper parce qu'il en a d'autres, avec sa femme. »

MOIRON[1]

Comme on parlait encore de Pranzini[2], M. Maloureau qui avait été procureur général sous l'Empire, nous dit :

« Oh ! j'ai connu, autrefois, une bien curieuse affaire, curieuse par plusieurs points particuliers, comme vous l'allez voir. »

*

J'étais à ce moment-là procureur impérial en province, et très bien en cour, grâce à mon père, premier président à Paris. Or, j'eus à prendre la parole dans une cause restée célèbre sous le nom de l'Affaire de l'instituteur Moiron.

M. Moiron, instituteur dans le nord de la France, jouissait, dans tout le pays, d'une excellente réputation. Homme intelligent, réfléchi, très religieux, un peu taciturne, il s'était marié dans la commune de Boislinot[3] où il exerçait sa profession. Il avait eu trois enfants, morts successivement de la poitrine. À partir de ce moment, il sembla reporter sur la marmaille confiée à ses soins toute la tendresse cachée en son cœur. Il achetait, de ses propres deniers, des joujoux pour ses meilleurs élèves, pour les plus sages et les plus gentils ; il leur faisait faire des dînettes, les gorgeant de friandises, de sucreries et de gâteaux. Tout le monde aimait et vantait ce brave homme, ce brave cœur, lorsque, coup sur coup, cinq de ses élèves moururent d'une façon bizarre. On crut à une épidémie venant de l'eau corrompue par la sécheresse ; on chercha les causes sans les découvrir, d'autant plus que les symptômes semblaient des plus étranges. Les enfants paraissaient atteints d'une maladie de langueur, ne mangeaient plus, accusaient des douleurs de ventre, traînaient quelque temps, puis expiraient au milieu d'abominables souffrances.

On fit l'autopsie du dernier mort sans rien trouver. Les entrailles envoyées à Paris furent analysées et ne révélèrent la présence d'aucune substance toxique.

Pendant un an, il n'y eut rien, puis deux petits garçons, les meilleurs élèves de la classe, les préférés du père Moiron, expirèrent en quatre jours de temps. L'examen des corps fut de nouveau prescrit et on découvrit, chez l'un comme chez l'autre, des fragments de verre pilé incrustés dans les organes. On en conclut que ces deux gamins avaient dû manger imprudemment quelque aliment mal nettoyé. Il suffisait d'un verre cassé au-dessus d'une jatte de lait pour avoir produit cet affreux accident, et l'affaire en serait restée là si la servante de Moiron n'était tombée malade sur ces entrefaites. Le médecin appelé constata les mêmes signes morbides que chez les enfants précédemment atteints, l'interrogea et obtint l'aveu qu'elle avait volé et mangé des bonbons achetés par l'instituteur pour ses élèves.

Sur un ordre du parquet, la maison d'école fut fouillée, et on découvrit une armoire pleine de jouets et de friandises destinés aux enfants. Or, presque toutes ces nourritures contenaient des fragments de verre ou des morceaux d'aiguilles cassées.

Moiron aussitôt arrêté parut tellement indigné et stupéfait des soupçons pesant sur lui qu'on faillit le relâcher. Cependant les indices de sa culpabilité se montraient et venaient combattre en mon esprit ma conviction première basée sur son excellente réputation, sur sa vie entière et sur l'invraisemblance, sur l'absence absolue de motifs déterminants d'un pareil crime.

Pourquoi cet homme bon, simple, religieux, aurait-il tué des enfants, et les enfants qu'il semblait aimer le plus, qu'il gâtait, qu'il bourrait de friandises, pour qui il dépensait en joujoux et en bonbons la moitié de son traitement ?

Pour admettre cet acte, il fallait conclure à la folie ! Or, Moiron semblait si raisonnable, si tranquille, si plein de raison et de bon sens, que la folie chez lui paraissait impossible à prouver.

Les preuves s'accumulaient pourtant ! Bonbons, gâteaux, pâtes de guimauve et autres saisis chez les producteurs où le maître d'école faisait ses provisions furent reconnus ne contenir aucun fragment suspect.

Il prétendit alors qu'un ennemi inconnu avait dû ouvrir son armoire avec une fausse clef pour introduire le verre et les aiguilles dans les friandises. Et il supposa toute une histoire d'héritage dépendant de la mort d'un enfant décidée et cherchée par un paysan quelconque et obtenue ainsi en faisant tomber les soupçons sur l'instituteur. Cette brute, disait-il, ne s'était pas préoccupée des autres misérables gamins qui devaient mourir aussi.

C'était possible. L'homme paraissait tellement sûr de lui et désolé que nous l'aurions acquitté sans aucun doute, malgré les charges révélées contre lui, si deux découvertes accablantes n'avaient été faites coup sur coup.

La première, une tabatière pleine de verre pilé ! sa tabatière, dans un tiroir caché du secrétaire où il serrait son argent !

Il expliquait encore cette trouvaille d'une façon à peu près acceptable, par une dernière ruse du vrai coupable inconnu, quand un mercier de Saint-Marlouf se présenta chez le juge d'instruction en racontant qu'un monsieur avait acheté chez lui des aiguilles, à plusieurs reprises, les aiguilles les plus minces qu'il avait pu trouver, en les cassant pour voir si elles lui plaisaient.

Le mercier, mis en présence d'une douzaine de personnes, reconnut au premier coup Moiron. Et l'enquête révéla que l'instituteur, en effet, s'était rendu à Saint-Marlouf, aux jours désignés par le marchand.

Je passe de terribles dépositions d'enfants, sur le choix des friandises et le soin de les faire manger devant lui et d'en anéantir les moindres traces.

L'opinion publique exaspérée réclamait un châtiment capital, et elle prenait une force de terreur grossie qui entraîne toutes les résistances et les hésitations.

Moiron fut condamné à mort. Puis son appel fut rejeté. Il ne lui restait que le recours en grâce. Je sus par mon père que l'empereur ne l'accorderait pas.

Or, un matin, je travaillais dans mon cabinet quand on m'annonça la visite de l'aumônier de la prison.

C'était un vieux prêtre qui avait une grande connaissance des hommes et une grande habitude des criminels. Il paraissait troublé, gêné, inquiet. Après avoir causé quelques minutes de choses et d'autres, il me dit brusquement en se levant :

« Si Moiron est décapité, monsieur le Procureur impérial, vous aurez laissé exécuter un innocent. »

Puis, sans saluer, il sortit, me laissant sous l'impression profonde de ces paroles. Il les avait prononcées d'une façon émouvante et solennelle, entrouvrant, pour sauver une vie, ses lèvres fermées et scellées par le secret de la confession.

Une heure plus tard, je partais pour Paris, et mon père, prévenu par moi, fit demander immédiatement une audience à l'empereur.

Je fus reçu le lendemain. Sa Majesté travaillait dans un petit salon quand nous fûmes introduits. J'exposai toute l'affaire jusqu'à la visite du prêtre, et j'étais en train de la raconter quand une porte s'ouvrit derrière le fauteuil du souverain, et l'impératrice, qui le croyait seul, parut. S. M. Napoléon la consulta. Dès qu'elle fut au courant des faits, elle s'écria :

« Il faut gracier cet homme. Il le faut, puisqu'il est innocent ! »

Pourquoi cette conviction soudaine d'une femme si pieuse jeta-t-elle dans mon esprit un terrible doute ?

Jusqu'alors j'avais désiré ardemment une commutation de peine. Et tout à coup je me sentis le jouet, la dupe d'une criminel rusé qui avait employé le prêtre et la confession comme dernier moyen de défense.

J'exposai mes hésitations à Leurs Majestés. L'empereur demeurait indécis, sollicité par sa bonté naturelle et retenu par la crainte de se laisser jouer par un misérable ; mais l'impératrice, convaincue que le prêtre avait obéi à une sollicitation divine, répétait : « Qu'importe ! Il vaut mieux épargner un coupable que tuer un innocent ! » Son avis l'emporta. La peine de mort fut commuée en celle des travaux forcés.

Or, j'appris quelques années après que Moiron, dont la conduite exemplaire au bagne de

Toulon avait été de nouveau signalée à l'empereur, était employé comme domestique par le directeur de l'établissement pénitencier.

Et puis, je n'entendis plus parler de cet homme pendant longtemps.

Or, il y a deux ans environ, comme je passais l'été à Lille, chez mon cousin de Larielle, on me prévint un soir, au moment de me mettre à table pour dîner, qu'un jeune prêtre désirait me parler.

J'ordonnai de le faire entrer, et il me supplia de venir auprès d'un moribond qui désirait absolument me voir. Cela m'était arrivé souvent dans ma longue carrière de magistrat, et, bien que mis à l'écart par la République, j'étais encore appelé de temps en temps en des circonstances pareilles.

Je suivis donc l'ecclésiastique qui me fit monter dans un petit logis misérable, sous le toit d'une haute maison ouvrière.

Là, je trouvai, sur une paillasse, un étrange agonisant, assis, le dos au mur, pour respirer.

C'était une sorte de squelette grimaçant, avec des yeux profonds et brillants.

Dès qu'il me vit, il murmura :

« Vous ne me reconnaissez pas ?

— Non.

— Je suis Moiron. »

J'eus un frisson, et je demandai :

« L'instituteur ?

— Oui.

— Comment êtes-vous ici ?

— Ce serait trop long. Je n'ai pas le temps… J'allais mourir… on m'a amené ce curé-là… et comme je vous savais ici, je vous ai envoyé chercher… C'est à vous que je veux me confesser… puisque vous m'avez sauvé la vie… autrefois. »

Il serrait de ses mains crispées la paille de sa paillasse à travers la toile. Et il reprit d'une voix rauque, énergique et basse :

« Voilà… je vous dois la vérité… à vous… car il faut la dire à quelqu'un avant de quitter la terre.

« C'est moi qui ai tué les enfants… tous… C'est moi… par vengeance !

« Écoutez. J'étais un honnête homme, très honnête… très honnête… très pur — adorant Dieu — ce bon Dieu — le Dieu qu'on nous enseigne à aimer, et pas le Dieu faux, le bourreau, le voleur, le meurtrier qui gouverne la terre. Je n'avais jamais fait le mal, jamais commis un acte vilain. J'étais pur comme on ne l'est pas, monsieur.

« Une fois marié, j'eus des enfants et je me mis à les aimer comme jamais père ou mère n'aima les siens. Je ne vivais que pour eux. J'en étais fou. Ils moururent tous les trois ! Pourquoi ? pourquoi ? Qu'avais-je fait, moi ? J'eus une révolte, mais une révolte furieuse ; et puis tout à coup j'ouvris les yeux comme lorsque l'on s'éveille ; et je compris que Dieu est méchant. Pourquoi avait-il tué mes enfants ? J'ouvris les yeux, et je vis qu'il aime tuer. Il n'aime que ça, monsieur. Il ne fait vivre que pour détruire ! Dieu, monsieur, c'est un massacreur. Il lui faut tous les jours des morts. Il en fait de toutes les façons pour mieux s'amuser. Il a inventé les maladies, les accidents, pour se divertir tout doucement le long des mois et des années ; et puis, quand il s'ennuie, il a les épidémies, la peste, le choléra, les angines, la petite vérole ; est-ce que je sais tout ce qu'a imaginé ce monstre ? Ça ne lui suffisait pas encore, ça se ressemble, tous ces maux-là ! et il se paie des guerres de temps en temps, pour voir deux cent mille soldats par terre, écrasés dans le sang et dans la boue, crevés, les bras et les jambes arrachés, les têtes cassées par des boulets comme des œufs qui tombent sur une route.

« Ce n'est pas tout. Il a fait les hommes qui s'entre-mangent. Et puis, comme les hommes deviennent meilleurs que lui, il a fait les bêtes pour voir les hommes les chasser, les égorger et s'en nourrir. Ça n'est pas tout. Il a fait les tout petits animaux qui vivent un jour, les mouches qui crèvent par milliards en une heure, les fourmis qu'on écrase, et d'autres, tant, tant que nous ne pouvons les imaginer. Et tout ça s'entre-tue, s'entre-chasse, s'entre-dévore et meurt sans cesse. Et le bon Dieu regarde et il s'amuse, car il voit tout, lui, les plus grands comme les plus petits, ceux qui sont dans les gouttes d'eau et ceux des autres étoiles. Il les regarde et il s'amuse. — Canaille, va !

« Alors, moi, monsieur, j'en ai tué aussi, des enfants. Je lui ai joué le tour. Ce n'est pas lui qui les a eus, ceux-là. Ce n'est pas lui, c'est moi. Et j'en aurais tué bien d'autres encore ; mais vous m'avez pris. Voilà !

« J'allais mourir, guillotiné. Moi ! comme il aurait ri, le reptile ! Alors, j'ai demandé un prêtre et j'ai menti. Je me suis confessé. J'ai menti ; et j'ai vécu.

« Maintenant, c'est fini. Je ne peux plus lui échapper. Mais je n'ai pas peur de lui, monsieur, je le méprise trop. »

Il était effrayant à voir ce misérable qui haletait, parlait par hoquets, ouvrant une bouche énorme pour cracher parfois des mots à peine entendus, et râlait, et arrachait la toile de sa paillasse, et agitait, sous une couverture presque noire, ses jambes maigres comme pour se sauver.

Oh ! l'affreux être et l'affreux souvenir !

Je lui demandai :

« Vous n'avez plus rien à dire ?

— Non, monsieur.

— Alors, adieu.

— Adieu, monsieur, un jour ou l'autre... »

Je me tournai vers le prêtre, livide et dressant contre le mur sa haute silhouette sombre :

« Vous restez, monsieur l'Abbé ?

— Je reste. »

Alors le moribond ricana :

« Oui, oui, il envoie ses corbeaux sur les cadavres. »

Moi, j'en avais assez ; j'ouvris la porte et je me sauvai.

. . . .

NOS LETTRES[1]

Huit heures de chemin de fer déterminent le sommeil chez les uns et l'insomnie chez les autres. Quant à moi, tout voyage m'empêche de dormir, la nuit suivante.

J'étais arrivé vers cinq heures chez mes amis Muret d'Artus pour passer trois semaines dans leur propriété d'Abelle. C'est une jolie maison bâtie à la fin du dernier siècle par un de leurs grands-pères, et restée dans la famille. Elle a donc ce caractère intime des demeures toujours habitées, meublées, animées, vivifiées par les mêmes gens. Rien n'y change ; rien ne s'évapore de l'âme du logis, jamais démeublé, dont les tapisseries n'ont jamais été déclouées, et se sont usées, pâlies, décolorées sur les mêmes murs. Rien ne s'en va des meubles anciens, dérangés, seulement de temps en temps pour faire place à un meuble neuf, qui entre là comme un nouveau-né au milieu de frères et de sœurs.

La maison est sur un coteau, au milieu d'un parc en pente jusqu'à la rivière qu'enjambe un pont de pierre en dos d'âne. Derrière l'eau, des prairies s'étendent où vont, d'un pas lent, de grosses vaches nourries d'herbe mouillée, et dont l'œil humide semble plein des rosées, des brouillards et de la fraîcheur des pâturages. J'aime cette demeure comme on aime ce qu'on désire ardemment posséder. J'y reviens tous les ans, à l'automne, avec un plaisir infini ; je la quitte avec regret.

Après que j'eus dîné dans cette famille amie, si calme, où j'étais reçu comme un parent, je demandai à Paul Muret, mon camarade :

« Quelle chambre m'as-tu donnée, cette année ?

— La chambre de tante Rose. »

Une heure plus tard, Mme Muret d'Artus, suivie de ses trois enfants, deux grandes filles et un galopin de garçon, m'installait dans cette chambre de la tante Rose, où je n'avais point encore couché.

Quand j'y fus seul, j'examinai les murs, les meubles, toute la physionomie de l'appartement, pour y installer mon esprit. Je la connaissais, mais peu, seulement pour y être entré plusieurs fois et pour avoir regardé, d'un coup d'œil indifférent, le portrait au pastel de tante Rose, qui donnait son nom à la pièce.

Elle ne me disait rien du tout, cette vieille tante Rose en papillotes, effacée derrière le verre. Elle avait l'air d'une bonne femme d'autrefois, d'une femme à principes et à préceptes, aussi forte sur les maximes de morale que sur les recettes de cuisine, d'une de ces vieilles tantes qui effraient la gaieté et qui sont l'ange morose et ridé des familles de province.

Je n'avais point entendu parler d'elle, d'ailleurs ; je ne savais rien de sa vie ni de sa mort. Datait-elle de ce siècle ou du précédent ? Avait-elle quitté cette terre après une existence plate ou agitée ? Avait-elle rendu au ciel une âme pure de vieille fille, une âme calme d'épouse, une âme tendre de mère ou une âme remuée par l'amour ? Que m'importait ? Rien que ce nom : « tante Rose », me semblait ridicule, commun, vilain.

Je pris un des flambeaux pour regarder son visage sévère, haut suspendu dans un ancien cadre de bois doré. Puis, l'ayant trouvé insignifiant, désagréable, antipathique même, j'examinai l'ameublement. Il datait, tout entier, de la fin de Louis XVI, de la Révolution et du Directoire.

Rien, pas une chaise, pas un rideau, n'avait pénétré depuis lors dans cette chambre, qui sentait le souvenir, odeur subtile, odeur du bois, des étoffes, des sièges, des tentures, en certains logis où des cœurs ont vécu, ont aimé, ont souffert.

Puis je me couchai, mais je ne dormis pas. Au bout d'une heure ou deux d'énervement, je me décidai à me relever et à écrire des lettres.

J'ouvris un petit secrétaire d'acajou à baguettes de cuivre, placé entre les deux fenêtres, en espérant y trouver du papier et de l'encre. Mais je n'y découvris rien qu'un porte-plume très usé, fait d'une pointe de porc-épic et un peu mordu par le bout. J'allais refermer le meuble quand un point brillant attira mon œil : c'était une sorte de tête de pointe, jaune, et qui faisait une petite saillie ronde, dans l'encoignure d'une tablette.

L'ayant grattée avec mon doigt, il me sembla qu'elle remuait. Je la saisis entre deux ongles et je tirai tant que je pus. Elle s'en vint tout doucement. C'était une longue épingle d'or, glissée et cachée en un trou du bois.

Pourquoi cela ? Je pensai immédiatement qu'elle devait servir à faire jouer un ressort qui cachait un secret, et je cherchai. Ce fut long. Après deux heures au moins d'investigations, je découvris un autre trou presque en face du premier, mais au fond d'une rainure. J'enfonçai dedans mon épingle : une petite planchette me jaillit au visage, et je vis deux paquets de lettres, de lettres jaunies nouées avec un ruban bleu.

Je les ai lues. Et j'en transcris deux ici :

« Vous voulez donc que je vous rende vos lettres, ma si chère amie ; les voici, mais cela me fait une grande peine. De quoi donc avez-vous peur ? que je les perde ? mais elles sont sous clef. Qu'on me les vole ? mais j'y veille, car elles sont mon plus cher trésor.

» Oui, cela m'a fait une peine extrême. Je me suis demandé si vous n'aviez point, au fond du cœur, quelque regret ? Non point le regret de m'avoir aimé, car je sais que vous m'aimez toujours, mais le regret d'avoir exprimé sur du papier blanc cet amour vif, en des heures où votre cœur se confiait non pas à moi, mais à la plume que vous teniez à la main. Quand nous aimons, il nous vient des besoins de confidence, des besoins attendris de parler ou d'écrire, et nous parlons, et nous écrivons. Les paroles s'envolent, les douces paroles faites de musique, d'air et de tendresse, chaudes, légères, évaporées aussitôt que dites, qui restent dans la mémoire seule, mais que nous ne pouvons ni voir, ni toucher, ni baiser, comme les mots qu'écrivit votre main. Vos lettres ? Oui, je vous les rends ! Mais quel chagrin !

» Certes, vous avez eu, après coup, la délicate pudeur des termes ineffaçables. Vous avez regretté, en votre âme sensible et craintive et que froisse une nuance insaisissable, d'avoir écrit à un homme que vous l'aimiez. Vous vous êtes rappelé des phrases qui ont ému votre souvenir, et vous vous êtes dit : "Je ferai de la cendre avec ces mots."

» Soyez contente, soyez tranquille. Voici vos lettres. Je vous aime. »

« Mon ami,

« Non, vous n'avez pas compris, vous n'avez pas deviné. Je ne regrette point, je ne regretterai jamais de vous avoir dit ma tendresse. Je vous écrirai toujours, mais vous me rendrez toutes mes lettres, aussitôt reçues.

» Je vais vous choquer beaucoup, mon ami, si je vous dis la raison de cette exigence. Elle n'est pas poétique, comme vous le pensiez, mais pratique. J'ai peur, non de vous, certes, mais du hasard. Je suis coupable. Je ne veux pas que ma faute atteigne d'autres que moi.

» Comprenez-moi bien. Nous pouvons mourir, vous ou moi. Vous pouvez mourir d'une chute de cheval, puisque vous montez chaque jour ; vous pouvez mourir d'une attaque, d'un duel, d'une maladie de cœur, d'un accident de voiture, de mille manières, car, s'il n'y a qu'une mort, il y a plus de façons de la recevoir que nous n'avons de jours à vivre.

» Alors, votre sœur, votre frère et votre belle-sœur trouveront mes lettres ?

» Croyez-vous qu'ils m'aiment ? Moi, je ne le crois guère. Et puis, même s'ils m'adoraient, est-il possible que deux femmes et un homme, sachant un secret — un secret pareil, — ne le racontent pas ?

» J'ai l'air de dire une très vilaine chose en parlant d'abord de votre mort et ensuite en soupçonnant la discrétion des vôtres.

» Mais nous mourrons tous, un jour ou l'autre, n'est-ce pas ? et il est presque certain qu'un de nous deux précédera l'autre sous terre. Donc, il faut prévoir tous les dangers, même celui-là.

» Quant à moi, je garderai vos lettres à côté des miennes, dans le secret de mon petit secrétaire. Je vous les montrerai là, dans leur cachette de soie, côte à côte dormant, pleines de notre amour, comme des amoureux dans un tombeau.

» Vous allez me dire : “Mais si vous mourez la première, ma chère, votre mari les trouvera, ces lettres.”

» Oh ! moi, je ne crains rien. D'abord, il ne connaît point le secret de mon meuble, puis il ne le cherchera pas. Et même s'il le trouve, après ma mort, je ne crains rien.

» Avez-vous quelquefois songé à toutes les lettres d'amour trouvées dans les tiroirs des mortes ? Moi, depuis longtemps, j'y pense, et ce sont mes longues réflexions là-dessus qui m'ont décidée à vous réclamer mes lettres.

» Songez donc que jamais, vous entendez bien, jamais une femme ne brûle, ne déchire, ne détruit les lettres où on lui dit qu'elle est aimée. Toute notre vie est là, tout notre espoir, toute notre attente, tout notre rêve. Ces petits papiers qui portent notre nom et nous caressent avec de douces choses, sont des reliques, et nous adorons les chapelles, nous autres, surtout les chapelles dont nous sommes les saintes. Nos lettres d'amour, ce sont nos titres de beauté, nos titres de grâce et de séduction, notre orgueil intime de femmes, ce sont les trésors de notre cœur. Non, non, jamais une femme ne détruit ces archives secrètes et délicieuses de sa vie.

» Mais nous mourons, comme tout le monde et alors... alors ces lettres, on les trouve ! Qui les trouve ? l'époux ? Alors que fait-il ? — Rien. Il les brûle, lui.

» Oh ! j'ai beaucoup songé à cela, beaucoup. Songez que tous les jours meurent des femmes qui ont été aimées, que tous les jours les traces, les preuves de leur faute tombent entre les mains du mari, et que jamais un scandale n'éclate, que jamais un duel n'a lieu.

» Pensez, mon cher, à ce qu'est l'homme, le cœur de l'homme. On se venge d'une vivante ; on se bat avec l'homme qui vous déshonore, on le tue tant qu'elle vit, parce que... oui, pourquoi ? Je ne le sais pas au juste. Mais, si on trouve, après sa mort, à elle, des preuves pareilles, *on* les brûle, et *on* ne sait rien, et *on* continue à tendre la main à l'ami de la morte, et *on* est fort satisfait que ces lettres ne soient pas tombées en des mains étrangères et de savoir qu'elles sont détruites.

» Oh ! que j'en connais, parmi mes amis, des hommes qui ont dû brûler ces preuves, et qui feignent ne rien savoir, et qui se seraient battus avec rage s'ils les avaient trouvées quand elle vivait encore. Mais elle est morte. L'honneur a changé. La tombe c'est la prescription de la faute conjugale.

» Donc je peux garder nos lettres qui sont, entre vos mains, une menace pour nous deux.

» Osez dire que je n'ai pas raison.

» Je vous aime et je baise vos cheveux.

» ROSE. »

J'avais levé les yeux sur le portrait de la tante Rose, et je regardais son visage sévère, ridé, un peu méchant, et je songeais à toutes ces âmes de femmes que nous ne connaissons point, que nous supposons si différentes de ce qu'elles sont, dont nous ne pénétrons jamais la ruse native et simple, la tranquille duplicité, et le vers de Vigny me revint à la mémoire :

Toujours ce compagnon dont le cœur
n'est pas sûr[1].

29 février 1888.

LA NUIT

CAUCHEMAR[1]

J'aime la nuit avec passion. Je l'aime comme on aime son pays ou sa maîtresse, d'un amour instinctif, profond, invincible. Je l'aime avec tous mes sens, avec mes yeux qui la voient, avec mon odorat qui la respire, avec mes oreilles qui en écoutent le silence, avec toute ma chair que les ténèbres caressent. Les alouettes chantent dans le soleil, dans l'air bleu, dans l'air chaud, dans l'air léger des matinées claires. Le hibou fuit dans la nuit, tache noire qui passe à travers l'espace noir, et, réjoui, grisé par la noire immensité, il pousse son cri vibrant et sinistre.

Le jour me fatigue et m'ennuie. Il est brutal et bruyant. Je me lève avec peine, je m'habille avec lassitude, je sors avec regret, et chaque pas, chaque mouvement, chaque geste, chaque parole, chaque pensée me fatigue comme si je soulevais un écrasant fardeau.

Mais quand le soleil baisse, une joie confuse, une joie de tout mon corps m'envahit. Je m'éveille, je m'anime. À mesure que l'ombre grandit, je me sens tout autre, plus jeune, plus fort, plus alerte, plus heureux. Je la regarde s'épaissir, la grande ombre douce tombée du ciel : elle noie la ville, comme une onde insaisissable et impénétrable, elle cache, efface, détruit les couleurs, les formes, étreint les maisons, les êtres, les monuments de son imperceptible toucher.

Alors j'ai envie de crier de plaisir comme les chouettes, de courir sur les toits comme les chats ; et un impétueux, un invincible désir d'aimer s'allume dans mes veines.

Je vais, je marche, tantôt dans les faubourgs assombris, tantôt dans les bois voisins de Paris, où j'entends rôder mes sœurs les bêtes et mes frères les braconniers.

Ce qu'on aime avec violence finit toujours par vous tuer. Mais comment expliquer ce qui m'arrive ? Comment même faire comprendre que je puisse le raconter ? Je ne sais pas, je ne sais plus, je sais seulement que cela est. — Voilà.

Donc hier — était-ce hier ? — oui, sans doute, à moins que ce ne soit auparavant, un autre jour, un autre mois, une autre année, — je ne sais pas. Ce doit être hier pourtant, puisque le jour ne s'est plus levé, puisque le soleil n'a pas reparu. Mais depuis quand la nuit dure-t-elle ? Depuis quand ?... Qui le dira ? qui le saura jamais ?

Donc, hier, je sortis comme je fais tous les soirs, après mon dîner. Il faisait très beau, très doux, très chaud. En descendant vers les boulevards, je regardais au-dessus de ma tête le fleuve noir et plein d'étoiles découpé dans le ciel par les toits de la rue qui tournait et faisait onduler comme une vraie rivière ce ruisseau roulant des astres.

Tout était clair dans l'air léger, depuis les planètes jusqu'aux becs de gaz. Tant de feux brillaient là-haut et dans la ville que les ténèbres en semblaient lumineuses. Les nuits luisantes sont plus joyeuses que les grands jours de soleil.

Sur le boulevard, les cafés flamboyaient ; on riait, on passait, on buvait. J'entrai au théâtre, quelques instants ; dans quel théâtre ? je ne sais plus. Il y faisait si clair que cela m'attrista et je ressortis le cœur un peu assombri par ce choc de lumière brutale sur les ors du balcon, par le scintillement factice du lustre énorme de cristal, par la barrière du feu de la rampe, par la mélancolie de cette clarté fausse et crue. Je gagnai les Champs-Élysées où les cafés-concerts semblaient des foyers d'incendie dans les feuillages. Les marronniers frottés de lumière jaune avaient l'air peints, un air d'arbres phosphorescents. Et les globes électriques, pareils à des lunes éclatantes et pâles, à des œufs de lune tombés du ciel, à des perles monstrueuses, vivantes, faisaient pâlir sous leur clarté nacrée, mystérieuse et royale les filets de gaz, de vilain gaz sale, et les guirlandes de verres de couleur.

Je m'arrêtai sous l'Arc de Triomphe pour regarder l'avenue, la longue et admirable avenue étoilée, allant vers Paris entre deux lignes de feux, et les astres ! Les astres là-haut, les astres inconnus jetés au hasard dans l'immensité où ils dessinent ces figures bizarres, qui font tant rêver, qui font tant songer.

J'entrai dans le Bois de Boulogne et j'y restai longtemps, longtemps. Un frisson singulier m'avait saisi, une émotion imprévue et puissante, une exaltation de ma pensée qui touchait à la folie.

Je marchai longtemps, longtemps. Puis je revins.

Quelle heure était-il quand je repassai sous l'Arc de Triomphe ? Je ne sais pas. La ville s'endormait, et des nuages, de gros nuages noirs s'étendaient lentement sur le ciel.

Pour la première fois je sentis qu'il allait arriver quelque chose d'étrange, de nouveau. Il me sembla qu'il faisait froid, que l'air s'épaississait, que la nuit, que ma nuit bien-aimée, devenait lourde sur mon cœur. L'avenue était déserte, maintenant. Seuls, deux sergents de ville se promenaient auprès de la station des fiacres, et, sur la chaussée à peine éclairée par les becs de gaz qui paraissaient mourants, une file de voitures de légumes allait aux Halles. Elles allaient lentement, chargées de carottes, de navets, et de choux. Les conducteurs dormaient, invisibles, les chevaux marchaient d'un pas égal, suivant la voiture précédente, sans bruit, sur le pavé de bois. Devant chaque lumière du trottoir, les carottes s'éclairaient en rouge, les navets s'éclairaient en blanc, les choux s'éclairaient en vert ; et elles passaient l'une derrière l'autre, ces voitures rouges, d'un rouge de feu, blanches d'un blanc d'argent, vertes d'un vert d'émeraude. Je les suivis, puis je tournai par la rue Royale et revins sur les boulevards. Plus personne, plus de cafés éclairés, quelques attardés seulement qui se hâtaient. Je n'avais jamais vu Paris aussi mort, aussi désert. Je tirai ma montre. Il était deux heures.

Une force me poussait, un besoin de marcher. J'allai donc jusqu'à la Bastille. Là, je m'aperçus que je n'avais jamais vu une nuit si sombre, car je ne distinguais pas même la colonne de Juillet, dont le génie d'or était perdu dans l'impénétrable obscurité. Une voûte de nuages, épaisse comme l'immensité, avait noyé les étoiles, et semblait s'abaisser sur la terre pour l'anéantir.

Je revins. Il n'y avait plus personne autour de moi. Place du Château-d'Eau, pourtant, un ivrogne faillit me heurter, puis il disparut. J'entendis quelque temps son pas inégal et sonore. J'allais. À la hauteur du faubourg Montmartre un fiacre passa, descendant vers la Seine. Je l'appelai. Le cocher ne répondit pas. Une femme rôdait près de la rue Drouot : « Monsieur, écoutez donc. » Je hâtai le pas pour éviter sa main tendue. Puis plus rien. Devant le Vaudeville, un chiffonnier fouillait le ruisseau. Sa petite lanterne flottait au ras du sol. Je lui demandai : « Quelle heure est-il, mon brave ? »

Il grogna : « Est-ce que je sais ! J'ai pas de montre. »

Alors je m'aperçus tout à coup que les becs de gaz étaient éteints. Je sais qu'on les supprime de bonne heure, avant le jour, en cette saison, par économie ; mais le jour était encore loin, si loin de paraître !

« Allons aux Halles, pensai-je, là au moins je trouverai la vie. »

Je me mis en route, mais je n'y voyais même pas pour me conduire. J'avançais lentement, comme on fait dans un bois, reconnaissant les rues en les comptant.

Devant le Crédit Lyonnais[1], un chien grogna. Je tournai par la rue de Grammont, je me perdis : j'errai, puis je reconnus la Bourse aux grilles de fer qui l'entourent. Paris entier dormait, d'un sommeil profond, effrayant. Au loin pourtant un fiacre roulait, un seul fiacre, celui peut-être qui avait passé devant moi tout à l'heure. Je cherchais à le joindre, allant vers le bruit de ses roues, à travers les rues solitaires et noires, noires, noires comme la mort.

Je me perdis encore. Où étais-je ? Quelle folie d'éteindre si tôt le gaz ! Pas un passant, pas un attardé, pas un rôdeur, pas un miaulement de chat amoureux. Rien.

Où donc étaient les sergents de ville ? Je me dis : « Je vais crier, ils viendront. » Je criai. Personne ne répondit.

J'appelai plus fort. Ma voix s'envola, sans écho, faible, étouffée, écrasée par la nuit, par cette nuit impénétrable.

Je hurlai : « Au secours ! au secours ! au secours ! »

Mon appel désespéré resta sans réponse. Quelle heure était-il donc ? Je tirai ma montre, mais je n'avais point d'allumettes. J'écoutai le tic-tac léger de la petite mécanique avec une joie inconnue et bizarre. Elle semblait vivre. J'étais moins seul. Quel mystère ! Je me remis en marche comme un aveugle, en tâtant les murs de ma canne, et je levais à tout moment les yeux vers le ciel, espérant que le jour allait enfin paraître ; mais l'espace était noir, tout noir, plus profondément noir que la ville.

Quelle heure pouvait-il être ? Je marchais, me semblait-il, depuis un temps infini, car mes jambes fléchissaient sous moi, ma poitrine haletait, et je souffrais de la faim horriblement.

Je me décidai à sonner à la première porte cochère. Je tirai le bouton de cuivre, et le timbre tinta dans la maison sonore ; il tinta étrangement comme si ce bruit vibrant eût été seul dans cette maison.

J'attendis, on ne répondit pas, on n'ouvrit point la porte. Je sonnai de nouveau ; j'attendis encore, — rien !

J'eus peur ! Je courus à la demeure suivante, et vingt fois de suite je fis résonner la sonnerie dans le couloir obscur où devait dormir le concierge. Mais il ne s'éveilla pas, — et j'allai plus loin, tirant de toutes mes forces les anneaux ou les boutons, heurtant de mes pieds, de ma canne et de mes mains les portes obstinément closes.

Et tout à coup, je m'aperçus que j'arrivais aux Halles. Les Halles étaient désertes, sans un bruit, sans un mouvement, sans une voiture, sans un homme, sans une botte de légumes ou de fleurs. — Elles étaient vides, immobiles, abandonnées, mortes !

Une épouvante me saisit, — horrible. Que se passait-il ? Oh ! mon Dieu ! que se passait-il ?

Je repartis. Mais l'heure ? l'heure ? qui me dirait l'heure ? Aucune horloge ne sonnait dans les clochers ou dans les monuments. Je pensai : « Je vais ouvrir le verre de ma montre et tâter l'aiguille avec mes doigts. » Je tirai ma montre... elle ne battait plus... elle était arrêtée. Plus rien, plus rien, plus un frisson dans la ville, pas une lueur, pas un frôlement de son dans l'air. Rien ! plus rien ! plus même le roulement lointain du fiacre, — plus rien !

J'étais aux quais, et une fraîcheur glaciale montait de la rivière.

La Seine coulait-elle encore ?

Je voulus savoir, je trouvai l'escalier, je descendis... Je n'entendais pas le courant bouillonner sous les arches du pont... Des marches encore... puis du sable... de la vase... puis de l'eau... j'y trempai mon bras... elle coulait... elle coulait... froide... froide... froide... presque gelée... presque tarie... presque morte.

Et je sentais bien que je n'aurais plus jamais la force de remonter... et que j'allais mourir là... moi aussi, de faim — de fatigue — et de froid.

DOSSIER

CHRONOLOGIE

(1850-1893)

1846. 9 novembre : mariage, à Rouen, de Gustave de Maupassant et de Laure Le Poittevin, nés en 1821 tous les deux. Gustave est d'origine lorraine ; le droit à la particule vient de lui être octroyé par le Tribunal civil de Rouen. Laure, très cultivée, d'un tempérament névrotique dont les manifestations iront s'accentuant, est la sœur du grand ami de jeunesse de Flaubert, Alfred, qui mourra en 1848.

1850. Le 5 août, naissance de Guy de Maupassant au château de Miromesnil, près de Dieppe. Notons, pour dissiper une légende parfois encore exhumée, que neuf mois auparavant, Flaubert était au loin, s'embarquant pour son voyage en Orient, comme le prouvent ses *Carnets* : il ne peut être le père biologique de Guy.

1856. 19 mai : naissance, au château de Grainville-Ymauville, du frère de Maupassant, Hervé.

1859-1860. Gustave, dépensier, à demi ruiné, travaille dans une banque à Paris. Guy de Maupassant est élève au Lycée Impérial (aujourd'hui Henri-IV) à Paris. Ses parents se séparent, Gustave de Maupassant étant léger et coureur. Laure vit à Fécamp, dans sa propriété des Verguies, avec ses fils.

1863-1868. Maupassant fait ses études à l'Institution ecclésiastique d'Yvetot. Il en est renvoyé pour irrespect envers la religion. Il finit sa rhétorique au lycée Corneille, à Rouen. Il a connu Flaubert à Croisset en 1867.

1869. En philosophie au lycée Corneille, Maupassant fréquente Louis Bouilhet et Flaubert. Bouilhet meurt en juillet. Il a été le maître en poésie de Maupassant. Celui-ci, bachelier, prend à Paris des inscriptions en Droit.

1870-1872. Incorporé au service de l'Intendance militaire, à Rouen, puis au Havre, Maupassant est pris dans la débâcle. Il s'en faut de peu qu'il soit fait prisonnier. Le 30 juillet 1871, il se fait remplacer à l'armée. Il entre comme commis surnuméraire, non payé, au ministère de la Marine, en mars 1872. Puis il entre à la direction des Colonies, avec un traitement de 125 F par mois.

1872-1879. De longues années de maturation littéraire. Maupassant travaille toujours comme commis au ministère de la Marine, puis à partir de 1878, grâce à l'entremise de Flaubert, au ministère de l'Instruction publique. Il habite à Paris rue Moncey, puis rue Clauzel. Il fait de joyeuses parties en barque à Argenteuil et Bezons, court les filles, y prend la syphilis en 1877; première cure, à Loèche-les-Bains, en 1877. D'autre part, il tente sa chance en littérature. Il fréquente Flaubert rue Murillo, et connaît l'entourage de son maître : Tourguéniev, les Goncourt, en particulier. Il écrit quelques pièces (refusées, sauf en 1879 *Histoire du vieux temps*, jouée à la troisième Comédie-Française), publie sous pseudonyme quelques contes à partir de 1875, des poèmes à partir de 1876. Il se lie avec Catulle Mendès et avec Zola et son groupe, sans jamais adhérer au naturalisme : il ne se reconnaît que Flaubert pour maître.

1880. L'année de l'entrée véritable en littérature. En février, Flaubert écrit à Maupassant que « Boule de suif », dont il a lu les épreuves, est un chef-d'œuvre. Le 15 avril, *Les Soirées de Médan*, qui comprennent « Boule de suif », sont publiées avec grand succès pour Maupassant. Celui-ci s'est vu d'autre part intenter un procès, pour le poème « Une fille », publié par la *Revue moderne et naturaliste*. Non-lieu le 27 février. Maupassant publie le 25 avril chez Charpentier ses poèmes, sous le titre *Des vers*. À Paris, l'écrivain s'installe rue Dulong, un meilleur quartier.
Mais c'est aussi l'année de la mort de Flaubert, le 8 mai. Laure de Maupassant, elle, a été soignée en maison de santé, puis envoyée dans un pays plus chaud que la Normandie. Maupassant la rejoint en Corse en été.

1881. Démission du Ministère. Mai : publication du recueil *La Maison Tellier*, chez Havard. Désormais, Maupassant va publier de très nombreuses œuvres, en changeant constamment d'éditeurs et en essayant d'obtenir d'eux des conditions financières intéressantes, en les jouant l'un contre l'autre. Été en Algérie, comme reporter pour *Le Gaulois*, journal mondain, de tendance conservatrice libérale. Maupassant y publie des « Lettres d'Afrique » très critiques, non sur le principe de la colonisation, mais sur la manière dont elle est pratiquée par les Français. Début en octobre de la collaboration à *Gil Blas*, journal destiné aux hommes et au demi-mondaines, de bonne tenue littéraire, mais assez léger de ton. Maupassant y signe « Maufrigneuse ». Les chroniques et récits de Maupassant destinés à ce journal sont de ton plus libre que ceux qui paraissent dans *Le Gaulois*.

1882. Publication du recueil *Mademoiselle Fifi*, chez

l'éditeur belge Kistemaeckers. Été à Châtelguyon, en cure, et sur la Côte d'Azur.

1883. 27 février : naissance de Lucien Litzelmann, fils d'une donneuse d'eau de Châtelguyon et probablement de Maupassant, qui ne le reconnaît pas plus que les deux enfants suivants, nés en 1884 et 1887. Avril : *Une vie*, roman en préparation depuis 1880. Juin : *Contes de la Bécasse*, chez Rouveyre et Blond. Été à Châtelguyon. Maupassant se fait construire à Étretat la villa « La Guillette ». Il se lie avec Hermine Lecomte du Noüy. Novembre : *Clair de lune* (première édition), chez Monnier.

1884. Janvier : *Au soleil*, chroniques africaines, chez Havard. Maupassant se lie avec la belle et étrange comtesse Potocka ; par la suite, il connaît Marie Kann, autre mondaine au salon renommé, qui sera sa maîtresse après avoir été celle de Paul Bourget, et Mme Straus, modèle de la Mme de Guermantes de Proust. Maupassant s'installe à Paris rue de Montchanin (aujourd'hui rue Jacques-Bingen). Avril : le recueil *Miss Harriett*, chez Havard. Été à Étretat. Juillet : *Les Sœurs Rondoli*, chez Ollendorf. Octobre : *Yvette*, chez Havard. Novembre à Cannes.

1885. Mars : *Contes du jour et de la nuit*, chez Havard. Printemps en Italie. Mai : *Bel-Ami*, roman, chez Havard. Été en cure à Châtelguyon. Hiver au cap d'Antibes. Premier yacht le *Bel-Ami*.

1886. Janvier : le recueil *Toine*, chez Marpon et Flammarion. Maupassant souffre de désordres oculaires. Février : le recueil *Monsieur Parent*, chez Ollendorf. Printemps : Maupassant rédige un « Salon » de peinture. Mai : le recueil *La Petite Roque*, chez Havard. Été à Châtelguyon. Hiver à Antibes et Cannes.

1887. Janvier : *Mont-Oriol*, roman, chez Havard. Mai : le recueil *Le Horla* chez Ollendorf. Été en Normandie. Automne, voyage en Afrique du Nord.

La santé de Maupassant est très mauvaise : migraines, douleurs oculaires, hallucinations. Grands soucis causés par sa mère malade, son frère névrotique.

1888. En janvier, Maupassant conduit son frère, qui donne des signes de dérangement mental, chez le docteur Blanche, illustre aliéniste. Publication du roman *Pierre et Jean* et de l'importante étude générale sur le roman qui le précède chez Ollendorf. Mai : édition de *Clair de lune,* augmentée, chez Ollendorf. Juin : chronique *Sur l'eau* chez Marpon et Flammarion. Automne : cure à Aix-les-Bains. Octobre : recueil *Le Rosier de Madame Husson* chez Quantin. Hiver : voyage en Afrique du Nord.

1889. Achat du second yacht le *Bel-Ami* à Marseille. À Paris, installation avenue Victor-Hugo. Février : recueil *La Main gauche,* chez Ollendorf. Mai : *Fort comme la mort,* roman, chez Ollendorf. Été à Triel. Le frère de Maupassant est interné à l'hospice de Bron, près de Lyon ; Maupassant lui rend visite en août. Automne en Corse et en Italie. Mort d'Hervé de Maupassant, fou, le 13 novembre.

1890. Hiver à Cannes. Mars : le récit de voyage *La Vie errante,* chez Ollendorf. Avril : le recueil *L'Inutile Beauté* chez Havard. Été, cure à Plombières. Automne en Afrique du Nord. La santé de Maupassant se dégrade de plus en plus. Installation à Paris rue du Boccador.

1891. Maupassant se sent devenir fou. Mars : *Musotte,* tiré de « L'Enfant », au Gymnase. Été à Nice et en cure à Divonne-les-Bains. Novembre à Cannes.

1892. Maupassant, le 1er janvier, tente de se suicider. Il est transporté à la clinique du docteur Blanche, et se dégrade de plus en plus, physiquement et mentalement.

1893. 6 juillet : mort de Maupassant.

BIBLIOGRAPHIE

Sauf indication contraire, le lieu d'édition est Paris.

I. ŒUVRES DE MAUPASSANT

1° Œuvres complètes

On utilisera l'édition de la Bibliothèque de la Pléiade, Gallimard: les *Contes et nouvelles* en deux tomes, 1974-1979, et les *Romans*, 1987, présentés par Louis Forestier, et pour la correspondance de Maupassant, les trois volumes présentés par Jacques Suffel dans l'édition des *Œuvres complètes* du Cercle du Bibliophile, Évreux, 1969-1973, tomes 16, 17, 18. Pour *Des vers*, le tome I de cette édition.

2° Éditions d'œuvres séparées intéressant le lecteur de Clair de Lune

Maupassant, *Chroniques*, publiées par Hubert Juin, UGE, collection « 10/18 », 1980, rééd. 1993.

Maupassant, *Boule de suif et autres contes normands*, 1971 ; *Le Horla et autres contes cruels et fantastiques*, 1976 ; *La Parure et autres contes parisiens*, 1984, préface et notes de M.-C. Bancquart, « Les classiques Garnier ».

Maupassant, *Boule de suif* et *La Maison Tellier*, présenté par Louis Forestier, « Foliothèque », Gallimard, 1995.

Maupassant, *Le Horla*, présenté par Yvan Leclerc, CNRS éditions, 1993.

Les publications des œuvres de Maupassant dans la collection « Folio classique », Gallimard, sont citées en référence dans les Notes.

II. SUR MAUPASSANT, INTÉRESSANT LE LECTEUR DE *CLAIR DE LUNE*

1° Biographies

Jean-Jacques Brochier, *Maupassant, une journée particulière*, J.-C. Lattès, 1993.

Pierre Cogny, *Maupassant, l'homme sans Dieu*, Bruxelles, La renaissance du livre, 1968.

Armand Lanoux, *Maupassant le Bel-Ami*, Fayard, 1967, rééd. augmentée, Livre de Poche Hachette, 1983.

Albert-Marie Schmidt, *Maupassant par lui-même*, « Écrivains de toujours », éd. du Seuil, 1962.

Henri Troyat, *Maupassant*, Flammarion, 1989.

2° Études sur l'œuvre

A. Ouvrages individuels

Joseph-Marc Bailbé, *L'Artiste chez Maupassant*, Minard, 1993.

Marie-Claire Bancquart, *Maupassant conteur fantastique*, Minard, 1976, rééd. 1993.

Pierre Bayard, *Maupassant, juste avant Freud*, éditions de Minuit, 1995.

Micheline Besnard-Coursodon, *Étude thématique et structurale de l'œuvre de Maupassant : le piège*, Nizet, 1973.

Philippe Bonnefis, *Comme Maupassant*, Presses Universitaires de Lille, 1981.

Marianne Bury, *La Poétique de Maupassant*, SEDES, 1994.

Pierre Danger, *Pulsion et désir dans les romans et nouvelles de Guy de Maupassant*, Nizet, 1993.

Gérard Delaisement, *Maupassant journaliste et chroniqueur*, Albin Michel, 1956 ; *Maupassant, le témoin, l'homme, le critique*, CDNP Orléans-Tours, 1984.

Antonia Fonyi, *Maupassant 1993*, Kimé, 1993.

A.-G. Greimas, *Maupassant, la sémiotique du texte*, Le Seuil, 1976.

M. Mac Namarra, *Style and vision in Maupassant's Nouvelles*, Lang, Frankfurt-New York, 1986.

Alberto Savinio, *Maupassant et « l'Autre »*, « Du monde entier », Gallimard, 1977.

André Vial, *Guy de Maupassant et l'Art du roman*, Nizet, 1954 ; *Faits et significations*, Nizet, 1978.

B. Ouvrages collectifs

Flaubert et Maupassant écrivains normands, Presses Universitaires de France, 1981.

Maupassant. Miroir de la nouvelle, Presses Universitaires de Vincennes, 1988.

Maupassant, numéro spécial d'*Europe*, sous la direction de Marie-Claire Bancquart, août-septembre 1993.

Maupassant, numéro spécial du *Magazine littéraire*, mai 1993.

Maupassant et l'Écriture, sous la direction de Louis Forestier, Nathan, 1993.

NOTES

CLAIR DE LUNE

Page 45.

1. Ce récit parut dans *Gil Blas* du 19 octobre 1882, sous la signature de « Maufrigneuse ». Maupassant emploie couramment ce pseudonyme dans *Gil Blas*. Il avait publié dans *Le Gaulois* du 1er juillet de la même année un récit, non repris par lui en volume, qui porte déjà le titre de « Clair de lune ». Voir Préface p. 15.

2. Rappelons que Marignan (13-14 septembre 1515) vit la victoire de François Ier sur les Suisses, et permit la conquête du Milanais par les armées françaises. Maupassant donne volontiers à ses héros des noms qui désignent explicitement leur caractère (« Bel-Ami », dans le roman du même nom ; « Mariolle », dans *Notre cœur*) ou leur fonction dans le récit (« Monsieur Parent »).

3. « Desseins... impénétrables » ; Saint Paul, *Épître aux Romains*, XI, 33.

Page 46.

1. « ... de la matière » : cette phrase est une sorte de profession de foi de Maupassant, athée et inspiré par la pensée de Spencer (*Premiers principes*, 1862 ; *Principes de biologie*, 1864). L'idée directrice de Spencer est en effet celle d'une évolution dans laquelle il ne saurait y

avoir place pour l'acte d'un Dieu, ni pour une intention morale de la nature.

2. « ... entre vous et moi » : c'est la phrase de Jésus à sa mère, lors des noces de Cana (Évangile selon saint Jean, II, 4).

3. « ... l'enfant douze fois impure » : Alfred de Vigny, « La colère de Samson », vers 100. Maupassant lui-même, à la suite de Baudelaire et de Schopenhauer et par tempérament personnel, croit à la guerre des sexes. Mais sa « femme fatale », futile, trompeuse et tentatrice, n'est pas celle de l'abbé Marignan, qui déteste la femme par peur et haine du corps. Grand amateur d'amours charnelles, Maupassant dénonce dans l'enseignement de l'Église une intransigeance à l'égard des relations sexuelles, qu'elle professait souvent en effet. Le témoignage de notre écrivain pourrait sembler sujet à caution. Mais on renverra aux *Souvenirs d'enfance et de jeunesse* de Renan (édition Folio classique, Gallimard, p. 19) pour trouver une évocation, pleine de douceur et d'humour, de l'enseignement des prêtres bretons à ce sujet.

Page 48.

1. « Cette sensation de paternité » : cette notation établit une différence fondamentale entre Marignan et l'abbé Tolbiac d'*Une vie* (chapitre X), acharné contre la reproduction au point de tuer une chienne en gésine. Maupassant dépeindra en janvier 1884 dans « Le Baptême » (*Miss Harriett*, éd. Folio classique, p. 207-214) un abbé déchiré par l'envie d'être père et dans « Le Champ d'oliviers » (*L'Inutile Beauté*, éd. Folio classique, p. 63-97), l'histoire d'un prêtre qui voit tout à coup apparaître le fils né d'une liaison de jeunesse avec une actrice. Il meurt de cette rencontre : assassinat ? suicide ?

2. Voir, dans les poèmes de Maupassant, « Le Mur » et « Au bord de l'eau » : le bonheur de vivre est le premier instinct des jeunes êtres.

Page 49.

1. « Se barbifier » : expression alors employée, dans le langage familier, pour « se faire la barbe ».

Page 50.

1. Cette sensibilité aux parfums est très forte chez Maupassant : parfum des violettes dans « Histoire d'une fille de ferme » (*La Maison Tellier*, éd. Folio classique, p. 81), des arômes sauvages de la Corse dans *Une vie* (chap. V, éd. Folio classique, p. 91), odeurs errantes qui captivent Paul Brétigny dans *Mont-Oriol* (I, 4, éd. Folio classique, p. 111-112) : « Si vous saviez quelles jouissances je dois à mon nez », déclare-t-il. La nature au clair de lune ou au lever du soleil est à l'un de ces moments où l'on peut célébrer « les voyages de noces avec la terre », déclare un peintre dans « Miss Harriett » (*Miss Harriett*, éd. Folio classique, p. 26).

Page 51.

1. Chant du rossignol et des crapauds, douceur de la brume illuminée sur l'eau ont charmé Maupassant sur la Seine, qui fut pour lui « une grande passion, une passion irrésistible, dévorante » (« Sur l'eau », *La Maison Tellier*, éd. Folio classique, p. 72).
2. La nuit est célébrée au début de la nouvelle du même nom (p. 198 de cette édition), mais par un homme qui va bientôt être pris à son piège.

Page 52.

1. « Les amours de Ruth et de Booz » : livre de Ruth, III, 13. Maupassant ne peut aussi que songer au célèbre poème de Victor Hugo, « Booz endormi », *La Légende des siècles*, I, 6.

UN COUP D'ÉTAT

Page 53.

1. Ce récit a paru pour la première fois dans le recueil *Clair de lune* de 1884 ; on n'en connaît pas à ce jour de préoriginale.

2. La désastreuse bataille de Sedan eut lieu du 30 août au 2 septembre 1870. L'Empereur fut fait prisonnier, et l'Empire déclaré déchu. La République fut proclamée le 4 septembre. Assiégé depuis le 19 septembre 1870, Paris devait capituler le 28 janvier 1871, et se soulever le 18 mars contre le gouvernement régulier. C'est alors que fut instauré le régime révolutionnaire de la Commune de Paris. Il allait durer deux mois, et être écrasé durant la « semaine sanglante » du 21 au 28 mai 1871 par les troupes du gouvernement, installé à Versailles, qui avait le 10 mai signé avec la Prusse le traité de Francfort. Maupassant qualifie de « démence » l'état d'esprit dans lequel se trouvèrent les Français dès le début d'une guerre mal préparée, durant laquelle ils subirent humiliations et privations de toutes sortes. Il fait durer cette « démence » jusqu'à l'écrasement de la Commune, ce qui implique un jugement négatif de sa part sur celle-ci. Rappelons que son maître Flaubert en portait un semblable.

Les Prussiens allaient entrer dans Gournay-en-Bray en octobre 1870, dans Rouen en décembre. C'est dire que la débâcle des armées françaises, à laquelle participa Maupassant, fut très rapide. Elle ne fut pas retardée par les formations locales de troupes : des compagnies de francs-tireurs volontaires dans les grandes villes ; et, dans chaque agglomération, la garde nationale (milice rurale, dans les campagnes), formée des hommes de 25 à 50 ans qui n'appartenaient pas à l'armée de métier ou n'avaient pas tiré un « mauvais numéro », le service militaire n'étant pas alors obligatoire. Sur les francs-tireurs aux opinions souvent révolutionnaires, commandés par de gros commerçants, et sur la garde nationale inexpérimentée et prudente, on lira au début de « Boule de suif » (éd. Folio classique, p. 23-24) des considérations aussi explicites que celles du présent récit.

3. Le fusil « à système Lefaucheux », à bascule et à broche, est un fusil de chasse qui se charge par la culasse. Il a été inventé vers 1850. Le fusil « à système Chassepot », à percuteur court, qui se charge aussi par la culasse, équipa l'armée française de 1866 à 1874. Il représentait une nouveauté pour les soldats improvisés, tandis que le « Lefaucheux » du vicomte de Varnetot est son arme de chasse habituelle.

4. Maupassant, depuis son expérience de 1870, a toujours haï la guerre. On trouvera dans *Sur l'eau*, éd. Folio classique, p. 72-73, des extraits de sa chronique « La guerre », parue dans *Gil Blas* le 11 décembre 1883. On se reportera aussi à la condamnation indirecte de la guerre comme déchaînement des plus bas instincts dans « Boule de suif », et à la condamnation directe que représente le récit « L'Horrible », *Le Gaulois*, 18 mai 1884, *Contes* de Maupassant, Bibliothèque de la Pléiade, Gallimard, t. II, p. 114-119.

Page 54.

1. « Canneville » : nom imaginaire mais plausible, comme dans beaucoup de récits normands de Maupassant. Il existe un « Cany-Barville » près d'Yvetot, un « Canville » près de Rouen. Mais nous sommes ici dans le pays de Caux, puisque Canneville dépend de la sous-préfecture de Dieppe.

2. « ... sauver la contrée » : dans ce paragraphe sont opposés un monarchiste rallié à l'Empire (comme un certain nombre de députés des élections de 1863, qui avaient passé outre les recommandations du comte de Chambord) et un franc-maçon républicain. Maupassant pense autant de mal de l'un que de l'autre. Dans « Boule de suif », le comte Hubert de Bréville, orléa-

niste rallié, est aussi peu flatté que « Cornudet le démoc », braillard inoffensif. Pressenti en 1876 par Catulle Mendès pour devenir franc-maçon, Maupassant avait refusé. Il lui écrivit : « Je veux n'être jamais lié à un parti politique, quel qu'il soit, à aucune religion, à aucune secte, à aucune école, ne jamais entrer dans aucune association professant certaines doctrines, ne m'incliner devant aucun dogme, devant aucune prime ni aucun principe. »

Page 60.

1. Les maires en effet, jusqu'en avril 1871, n'étaient pas élus, mais nommés par le gouvernement.

Page 61.

1. En fait, le sous-préfet de Dieppe était resté en place. Le 11 septembre, il fit savoir aux habitants, par circulaire, qu'il partait combattre dans l'armée de la Loire. Voir *Le Havre et la Seine-Inférieure pendant la guerre de 1870-1871*, par Albert Le Roy, Lahure, Le Havre, 1887, p. 427.

Page 62.

1. « ... laquelle des républiques » : celle de 1848, ou celle de 1792, encore très présente dans la mémoire paysanne.

LE LOUP

Page 69.

1. Ce récit fut publié dans *Le Gaulois* du 14 novembre 1882.
2. La Saint-Hubert est célébrée le 3 novembre.

Page 73.

1. « ... comme s'ils s'envolaient » : comparer à ce passage d'*Une vie*, éd. Folio classique, p. 171 · « Mais le

comte eut une sorte de grognement, et se courbant sur l'encolure de son pesant cheval, il le jeta en avant d'une poussée de tout son corps ; et, il le lança d'une telle allure, l'excitant, l'entraînant, l'affolant avec la voix, le geste et l'éperon, que l'énorme cavalier semblait porter la lourde bête entre ses cuisses et l'enlever comme pour s'envoler. »

Page 76.

1. *Pantragruel,* III, 3 : Gargantua « pleurait comme une vache, et, tout soudain, riait comme un veau ». *Le Gaulois* donne une première version différente, depuis « Une grande forme passa. C'était la bête » (p. 74, 3 lignes avant la fin) : « Un frisson glacé courut sur les reins du chasseur, à ce retour brusque de l'effrayant rôdeur ; mais ses yeux retombèrent sur le corps inerte couché devant lui et il se sentit frémir d'une fureur désordonnée. / Alors il piqua son cheval et se rua derrière le loup. / Tantôt il le perdait de vue, puis l'apercevait de nouveau ; et la bête et les pieds de Jean battaient les arbres ; des ronces se prenaient aux cheveux. / Et, soudain, dans le fond d'un vallon, la bête fut acculée. Alors François mit pied à terre et, seul, s'avança. Il se sentait fort à culbuter une montagne, à broyer dans ses bras un bloc de granit ; il coupa la gorge du fauve d'un seul revers de son couteau de chasse. Alors une joie profonde, délirante, l'inonda et, saisissant son frère mutilé, il le dressa, criant : / "Regarde, Jean, regarde ça !" / Et les valets, qui cherchaient leur maître, le trouvèrent assis entre les deux cadavres, et il pleurait, répétant : / "Si ce pauvre Jean avait pu voir ça avant de mourir !" / La veuve... »

L'ENFANT

Page 78.

1. Ce récit fut publié par *Le Gaulois* du 24 juillet 1882. Jacques Normand l'adapta pour le théâtre, mais Maupassant refit l'adaptation, s'il faut en croire une lettre à sa mère du 20 mai 1890. La pièce, *Musotte*, comporte trois actes et délaie quelque peu l'histoire ici contée. Elle fut jouée au Gymnase, le 4 mars 1891.

Page 79.

1. *Une vieille maîtresse* : allusion au roman de Barbey d'Aurevilly, publié en 1851.

Page 86.

1. Dans « Histoire d'une fille de ferme », le « eh bien, on ira le chercher, c't'éfant, puisque nous n'en avons pas ensemble » du fermier (*La Maison Tellier*, éd. Folio classique, p. 100) prend une tout autre résonance : le couple, marié depuis longtemps, est resté stérile ; le fermier bat sa femme, elle passe aux aveux, et il est enchanté de lui savoir un enfant qui pourra vivre avec eux.

CONTE DE NOËL

Page 87.

1. Ce récit parut dans *Le Gaulois* du 25 décembre 1882.
2. « Je l'ai vu, dis-je, vu, de mes propres yeux vu / Ce qu'on appelle vu. » *Tartuffe*, V, 3, v. 1676-1677.

Page 88.

1. « Rolleville » : sur le plateau, sur la route du Havre à Goderville.

Page 89.

1. Ce passage est repris d'*Une vie*, chapitre VII : c'est le chapitre où Jeanne découvre l'adultère de son mari et décide de se suicider. Rappelons aussi le poème de Maupassant « Nuit de neige » : « La grande plaine est blanche, immobile et sans voix / Pas un bruit, pas un son ; toute vie s'est éteinte [...] La lune est large et pâle et semble se hâter / On dirait qu'elle a froid dans le grand ciel austère. »

2. « Épivent » : à cinq kilomètres d'Étretat, à l'intérieur des terres.

Page 93.

1. Le serpent était un instrument à vent, en bois recouvert de cuir, plusieurs fois replié sur lui-même. Inventé au XVIe siècle, il était employé dans les musiques militaires et à l'église, pour appuyer la voix des chantres. Il avait un son rauque et monotone. Il a été remplacé par l'ophicléide.

Page 94.

1. Maupassant est ici fidèle aux théories sur l'hypnose répandues en France par Charcot, mais déjà soutenues par James Braid (*Neurypnology*, 1843, traduit en 1883 par le Dr Jules Simon). L'hystérie à attaque spectaculaire (corps en arc de cercle, hurlements) a pour grand traitement l'hypnose. Celle-ci peut être obtenue en faisant fixer longtemps par le sujet un objet élevé et brillant. Les pupilles se contractent, puis se dilatent. Le sujet tombe dans un profond sommeil, dont il est assez fréquent qu'il sorte amnésique. Charcot étudiait les cas de « possession » comme des cas d'hystérie. Voir *Les Démoniaques dans l'art*, par J.-M. Charcot et P. Richer, Paris, Delhaye et Lecrosnier, 1887. Il y est précisé que les signes précurseurs de la « possession » sont le malaise, la mélancolie ou l'agitation excessive ; viennent ensuite des convulsions épileptoïdes et des hurlements de bête. Cet état peut durer plusieurs jours.

LA REINE HORTENSE

Page 96.

1. Ce récit parut dans *Gil Blas* le 24 avril 1883, sous la signature de « Maufrigneuse ».

2. « Argenteuil » : Maupassant y avait fait des parties dans sa yole la *Feuille-de-Rose*, avec ses compagnons de canotage (Léon Fontaine, Albert Pinchon), allant jusqu'à y passer deux nuits par semaine en 1873. Il est donc très possible que la « reine Hortense » ait son modèle dans la réalité.

3. La population d'Argenteuil, peu au fait de l'histoire, appelle « reine » la vieille fille qui se prénomme « Hortense », sans y mettre de sous-entendus historiques. Ou bien elle n'a retenu de la véritable reine Hortense que la qualité de reine, qui implique puissance et autorité. Hortense de Beauharnais, fille de Joséphine, belle-fille de Napoléon Ier, femme de Louis, roi de Hollande, mère du futur Napoléon III et de son demi-frère le duc de Morny, devait apparaître à des simples comme le type de la femme qui peut commander. En fait, elle fut malheureuse dans son mariage, et légère dans sa conduite. Mais durant les Cent-Jours, elle sacrifia pour Napoléon une partie de sa fortune et l'accueillit à la Malmaison. Proscrite par la suite, elle se consacra entièrement à l'éducation de ses fils, qui lui valurent de grandes douleurs : Napoléon-Louis mourut en 1831 à Forli, où il était allé diriger une insurrection ; Louis-Napoléon, le futur Napoléon III, fut emprisonné, puis déporté en Amérique après une tentative de coup d'État à Strasbourg, en 1836. Usée par ces épreuves, Hortense mourut en 1837. Elle finit par être considérée comme un exemple de dévouement maternel. La vieille fille dont il est question ici arrive fantasmatiquement, au moment de sa mort, à rejoindre cette image. Le titre du récit est donc très ambigu.

4. On lit dans *Gil Blas* : « [...] dure. Elle avait tou-

jours eu de jeunes bonnes parce que la jeunesse se plie mieux aux brusques volontés. Elle n'admettait [...] »

Page 99.

1. « Deux inséparables » : petites perruches d'Australie, ainsi familièrement appelées parce qu'elles ne peuvent vivre qu'en couple en captivité.

2. Le cachemire français, en étoffe fine de laine, s'efforçait d'imiter le cachemire de l'Inde. Mais il s'en fallait qu'il y réussît, les fabricants ne parvenant pas à obtenir la délicatesse des teintes du vrai cachemire. Il était beaucoup moins cher que ce dernier.

LE PARDON

Page 107.

1. Ce récit fut publié dans *Le Gaulois* du 16 octobre 1882.

Page 109.

1. Cette vie de Parisiens provinciaux est plus longuement décrite au début de « Mademoiselle Perle » (*La Petite Roque,* éd. Folio classique, p. 93-94).

LA LÉGENDE DU MONT-SAINT-MICHEL

Page 116.

1. Ce récit fut publié dans *Gil Blas* le 19 décembre 1882, sous la signature de « Maufrigneuse ».

2. Le Mont-Saint-Michel vu d'Avranches, puis visité, est décrit par trois fois dans l'œuvre de Maupassant : ici pour la première fois ; en 1887, dans « Le Horla II » (*Le Horla,* éd. Folio classique, p. 30-32) ; dans *Notre cœur* enfin, 2e partie, chapitre I, p. 107, puis 128-131 de l'éd. Folio classique. Nous indiquons dans la Préface à ce recueil (p.13) les différences de signification

entre ces trois descriptions. Elles diffèrent aussi par elles-mêmes, celle du « Horla » insistant d'emblée sur l'étrange, celle de *Notre cœur* étant plus homogène et plus délicatement impressionniste. — Précisons que le lecteur des années 1880 n'était pas aussi familiarisé que nous avec le Mont-Saint-Michel, qui avait servi de maison d'arrêt jusqu'en 1863 et qui, très délabré, fut en travaux jusqu'à la fin du XIXe siècle. En outre, on y parvenait difficilement, par une seule route très mauvaise. Le dépaysement existe donc bien dans ce récit.

Page 117.

1. La légende qui suit provient d'un fonds folklorique déjà utilisé par Rabelais, *Le Quart Livre*, chapitres XLVI et XLVIII, « Comment le petit diable feut trompé par un laboureur de Papefiguière » et « Comment le diable feut trompé par une vieille de Papefiguière ». Le paysan, chez Rabelais, emploie envers le diable la même ruse que saint Michel chez Maupassant. Le diable est vaincu, mais d'une manière différente ! Furieux, il veut se venger du paysan, mais la femme de celui-ci feint d'être battue, griffée, blessée par son mari ; pour preuve, elle se trousse, et « voyant l'énorme solution de continuité », le diable prend peur et s'enfuit... La Fontaine a repris le récit de Rabelais dans « Le Diable de Papefiguière », *Contes et nouvelles*, IVe partie, V, mais en dépeignant la femme comme jeune et délurée. Maupassant modifie évidemment cette partie de la légende, et, au lieu d'un petit diable naïf, parle du diable, seul digne de se confronter à saint Michel.

2. Schopenhauer, *Pensées et fragments*, p. 199 : « L'homme se fabrique des démons, des dieux et des saints à son image. »

Page 119.

1. « Surmulets » : appelés plus communément « rougets ».

Page 120.

1. Traitant saint Michel de « Malicieux » : fait volontairement et méchamment, selon un sens ancien de « malice », usité encore récemment dans le vocabulaire de l'Église : « pécher avec malice ».

Page 122.

1. « Mortain » : à cinquante kilomètres environ du Mont-Saint-Michel, à l'intérieur des terres. Près de Mortain se trouvent une chapelle Saint-Michel, un « Pas du diable » et un « Pont du diable ».
2. Apocalypse, XII, 7-9 : Michel et ses anges sont vainqueurs lors d'une « guerre dans le ciel » ; Satan « fut précipité sur la terre, et ses anges furent précipités avec lui ».

UNE VEUVE

Page 123.

1. Ce récit a paru dans *Le Gaulois* du 1er septembre 1882.
2. Il existe un « Banneville » près de Caen.

Page 124.

1. « Treize ans » : c'est l'âge de la fillette dépeinte par Barbey d'Aurevilly dans « Le plus bel amour de Don Juan » des *Diaboliques*, éd. Folio, p. 85-110. Sa capacité de passion devance son âge, et le comte de Ravila se rappelle à jamais cette fillette qui crut être enceinte parce qu'elle s'était assise après lui dans le même fauteuil. *Les Diaboliques* avaient valu à Barbey d'Aurevilly, lors de la première édition en 1874, une saisie et une destruction d'exemplaires, et une interdiction de vente. La réédition s'en fit en 1882, l'année même où parut le récit de Maupassant. Celui-ci était grand lecteur de Barbey (voir par exemple l'allusion à *Une*

vieille maîtresse, p. 79, note 1), et son attention avait dû en outre être attirée par la menace de procès contre *Les Diaboliques*, qui rappelait le procès de *Madame Bovary* et annonçait celui qui fut fait à lui-même en 1880. Peut-être Maupassant a-t-il été également influencé par *La Femme au XVIIIe siècle* des Goncourt, mais l'adolescent aux émois précoces qu'ils évoquent est plutôt un Chérubin qu'un garçon passionné.

MADEMOISELLE COCOTTE

Page 131.

1. Ce récit fut publié dans *Gil Blas* du 20 mars 1883, sous la signature de « Maufrigneuse ». Il reprend et remanie le récit demeuré inédit du vivant de Maupassant « Histoire d'un chien », publié dans *Le Gaulois* du 2 juin 1881 (*Contes*, Bibliothèque de la Pléiade, t. I, p. 314-318), à propos d'une actualité, le projet de la Société protectrice des animaux de créer un asile pour les animaux abandonnés. Il raconte l'histoire d'un cocher obligé par ses maîtres à noyer dans la Seine aux environs de Paris sa chienne Cocotte, et retrouvant sa charogne dans les environs de Rouen. Il reste bouleversé tout un jour, et n'ose pas par la suite toucher un chien. Cette histoire, que Maupassant présente comme vraie, a donc été profondément remaniée ici dans le sens d'un récit de la folie. Le théâtre en est à la fin Biessard, localité proche de Croisset et donnant accès à la forêt de Roumare : comment ne pas penser au « Horla », et ne pas remarquer que le souvenir du domicile normand de Flaubert est associé chez Maupassant à un grand trouble de l'être ?

LES BIJOUX

Page 140.

1. Ce récit parut dans *Gil Blas* le 27 mars 1883, sous la signature de « Maufrigneuse ». Dans *Le Bel-Ami*, n° 7, juin 1958, p. 11-12, Gérard Delaisement a cité le fait divers qui a servi de source à Maupassant. Ce fait divers a paru dans *Le Voleur* du 25 mars 1870. Maupassant donnait dans cette revue, dès 1882, des récits déjà parus dans des quotidiens, et il a pu feuilleter sa collection. Voici les lignes qui donnèrent le branle à son imagination, et qui permettent de mesurer la transformation opérée par lui : « Il y a quelques jours, l'employé d'un ministère perdit sa femme ; c'était un modèle de toutes les vertus. / L'employé, par sa position, allait à tous les bals officiels, mais comme il n'avait pour toute fortune que son traitement, madame portait des bijoux en strass, des dentelles en imitation et des cachemires français. / Après la mort de sa femme adorée, l'employé chargea un de ses amis de vendre tous ces colifichets. / L'ami remplit la commission en conscience, et lorsque tout fut vendu, il dit au pauvre mari : / "Je n'ai pas pu faire mieux", et en même temps, il lui remit *cent cinquante mille francs*. / Les dentelles étaient des Malines, les cachemires, de l'Inde, et le strass, des diamants. / La femme de l'employé avait été... *la charmeuse* du Ministre. »

Page 142.

1. Les « cailloux du Rhin » sont du cristal de roche coloré, utilisé comme imitation des pierres précieuses. Le similor était un alliage de cuivre jaune, ou de laiton, et de zinc.

Page 146.

1. La rue des Martyrs était située dans un quartier mixte, où vivaient des petits-bourgeois et des filles.

Maupassant vécut de 1876 à 1880 dans la rue Clauzel, qui donne dans la rue des Martyrs.

Page 150.

1. «Voisin»: à l'angle de la rue Saint-Honoré et de la rue Cambon, ce restaurant était réputé, en particulier pour sa cave de bourgognes. Il avait une clientèle de hauts fonctionnaires.

2. «Le café Anglais»: ce restaurant était situé 13, boulevard des Italiens. Il était de très bonne tenue, et réputé depuis le second Empire. Il avait une clientèle d'écrivains et d'aristocrates.

APPARITION

Page 151.

1. Ce récit a paru dans *Le Gaulois* du 4 avril 1883. Dans *The Romanic Review* de février 1942, «Maupassant's "Apparition", a source and a creative process», Otis Fellows a cité un «Courrier de Paris» de Jules Lecomte paru dans *L'Indépendance belge* du 17 janvier 1852 qui a servi de modèle à Maupassant, et que nous donnons ci-après. On pourra ainsi évaluer les transformations que l'écrivain apporte à ce récit, qui met évidemment en scène une séquestrée.

Le monde moral a parfois des courants bien singuliers! Savez-vous, Monsieur, ce qui fait aujourd'hui l'objet des conversations d'une foule de coins du feu? Le coup d'État et ses conséquences — me dira-t-on. Pas du tout! — Ce sont les revenants! Et par ces mots, je n'entends point parler de ces vieux de la vieille, que depuis quelques semaines nous rencontrons dans les environs de l'Élysée et du ministère de la guerre, traînant un vieux sabre ébréché sur tous les os de l'Europe, et promenant des galons noircis sur les habits moisis... non! Les revenants dont on parle et dont je parle sont d'une immortalité plus charnelle que celle que donnent la gloire et l'Académie; oui, ce sont des êtres plus effrayants et moins pensionnés. / Et c'est bien le cas de constater une fois de plus ici quelle action puissante, irrésistible, la littérature et l'art exercent sur les idées d'une nation impressionnable! Cette fois, c'est le boulevard qui nous vaut cela. Sans Le Vampire, *sans* L'imagier de Harlem, *et un peu aussi* Les Rêves de Matheus, *du diable si on songerait au diable! et voilà que tout Paris, comme on dit, ayant été palpiter dans les salles sombres, y* revenant *lui-même, devant ces histoires d'un autre monde qui, n'ayant pas le sens commun, figurent tous les sens, on s'est mis de toutes parts à évoquer des foules de récits pleins de frissons le soir, en cercle non politique... rangé devant le feu où la flamme s'affaisse... se voyant à peine sous les projections épuisées de la lampe estompée d'abat-jour! Ne riez pas! On vous mettrait à la porte... si on osait l'ouvrir! / C'est ainsi que, l'autre soir, dans le salon d'une grande dame polonaise, où se trouvaient réunies en silence une douzaine de personnes défiantes, on attendait, avec impatience et terreur à la fois, l'*apparition *de M. de R*** arrivant, je dirais presque d'un autre monde! La pluie fouettait les doubles vitres sur lesquelles se croisaient d'amples rideaux de brocatelle d'un rouge sanglant. Une main complice de minuit, heure traditionnelle du crime, avait baissé la carcel; le foyer expirant n'exhalait plus que de temps en temps comme un soupir, qui allait tirer des angles dorés des meubles de Boulle, ou des cadres brunis, une étincelle semblable à un regard lancé de l'ombre. Personne n'osait dire un mot, tout le monde attendait superstitieusement M. de R***. / Était-ce un mort? Non. Voici son histoire. Au commencement de décembre dernier, un de ses amis vient le trouver. «Comte! lui dit-il, vous savez quelle invincible répugnance j'ai à retourner dans mon château de Normandie, où j'ai eu le malheur de perdre ma femme, l'été dernier! Pourtant, j'ai laissé là dans un secrétaire des papiers importants qui me sont aujour-*

*d'hui indispensables pour des affaires de famille... Rendez-moi un service, prenez cette clef, et allez les chercher... La mission est délicate, je ne puis la confier qu'à vous.» M. de R*** céda aux instances de son ami et partit le lendemain même. Le chemin de fer de Rouen le déposait à une station d'où, en deux heures, il pouvait arriver au château. Lorsque la voiture se présenta à la grille, un jardinier se présenta, qui parlementa à travers les barreaux, sans l'ouvrir. Le comte s'étonna de ces défiances qui résistaient même à la lettre d'admission dont l'avait muni — je dois dire armé — son ami. Enfin, après une courte absence qui fut sans doute employée à aller se consulter avec quelqu'un, le jardinier revint et ouvrit. Lorsqu'il fut dans la cour d'honneur, M. de R*** examina la façade du château dont les cent fenêtres étaient toutes fermées, à l'exception d'une seule. Là un des volets, peut-être soulevé par le vent, avait quitté ses gonds, et était tombé à terre où il était resté. Cette fenêtre était, comme il le vit ensuite, précisément celle de la chambre où il devait aller remplir la commission qu'il avait acceptée... / Le comte, impressionné par la singularité de l'accueil, observait tout avec soin. Il vit une petite fumée qui s'échappait tournoyante d'un des conduits de cheminée disposés dans l'architecture du toit. «Le château est-il habité? demanda-t-il. — Non!» dit sèchement le jardinier. Et en même temps il tira la porte d'un petit escalier de service par lequel il précéda le comte, ouvrant, à chaque étage qu'on gravissait, des espèces de petites lucarnes encastrées dans l'architecture rococo de la façade. / Arrivé au troisième, le jardinier s'arrêta, et montrant une porte, il dit: «C'est là!» et sans rien ajouter, il se mit à redescendre. M. de R***, sans plus s'étonner de ces façons maussades, ouvrit la porte, et se trouva dans un cabinet obscur. La lumière qui venait de l'escalier lui permit de voir une seconde porte qu'il franchit, et il pénétra dans la chambre éclairée par le volet détaché. L'aspect de cette chambre était froid, nu, abandonné. Il y avait a cage d un oiseau envolé ou* *mort, posée à terre. Le secrétaire désigné par son ami était en face de la fenêtre; sans s'arrêter à une investigation inutile, il alla droit au meuble et l'ouvrit... En cédant à la clef, le secrétaire grinça fortement. Un autre bruit répondit à ce bruit, celui d'une porte qui s'ouvre. M. de R*** se retourne, et dans l'encadrement d'une autre chambre pleine d'ombre, il voit une forme blanche, qui étend les bras vers lui: «Comte!» dit une voix faible, mais expressive. «Vous venez m'enlever les lettres de Théodore?... Pourquoi?» (Théodore n'est pas le nom du propriétaire du château qui avait donné commission à son ami). «Madame! s'écria M. de R***, qui êtes-vous? / — Ne me reconnaissez-vous pas, toute changée que je doive être?... — La marquise!» s'écrie M. de R***, surpris jusqu'à l'épouvante. «Oui... c'est moi. Nous étions amis autrefois; vous venez ici me causer un mal affreux. Qui vous envoie? Mon mari? Que veut-il encore? Par pitié, laissez-moi ces lettres!...» Et en se parlant ainsi, l'apparition faisait signe au comte d'approcher. Il approcha, repoussant de son esprit toute impression surnaturelle, et persuadé qu'il était en face de la marquise vivante au milieu d'un étrange mystère; il la suivit dans la seconde chambre. Elle était vêtue d'une robe — j'allais dire d'un suaire — de couleur grise. Ses cheveux, qui firent pendant dix ans le désespoir envieux d'une foule de femmes du grand monde, flottaient en désordre sur ses épaules. Le jour qui n'arrivait dans cette chambre que par reflet de la première ne permit d'abord au comte que de constater la maigreur extrême et la pâleur tombale de la marquise. À peine entrée là, elle lui dit, changeant brusquement de discours: / «Je souffre d'incroyables douleurs de tête... ce sont mes cheveux qui les causent, il y a huit mois que je n'ai été peignée... comte, rendez-moi ce service... peignez-moi!» / Et s'étant assise, elle présenta un peigne à M. de R***, qui obéit subjugué. La dame ne parla plus; lui ne l'osa; d'ailleurs, il l'avoue lui-même, il était fort troublé. Sans doute il faisait mal son office de camérier, car la patiente exhalait de petits* *murmures plaintifs. Tout à coup, elle se leva, disant: «Merci!» et disparut dans les profondeurs obscures de la chambre. Le comte attendit quelques instants, regardant du mieux qu'il pouvait — ne voyant rien, n'entendant rien! Il prit alors le parti de rentrer dans la première pièce; ses yeux se portant sur le secrétaire, il le vit tout en désordre. Il put, toutefois, y prendre les papiers de famille qui faisaient l'objet de sa mission; le meuble refermé, il attendit... appela... rien! Il s'en fut, il avoue que c'est très volontiers... / En bas, personne. Le cocher qui l'avait amené était contre la grille prêt à repartir. M. de R*** crut ne devoir pas prolonger là son séjour. En route, et essayant de recueillir ses esprits sur l'étrange incident de sa visite au château de ***, il s'aperçut que ses vêtements étaient couverts des cheveux de la marquise... / Au lieu de rentrer sur-le-champ à Paris, il alla à Rouen, trouver un riche fabricant, dont la résidence de campagne est contiguë au château où il venait d'avoir cette aventure. Adroitement interrogé, le voisin ne répondit rien qui y jetât quelque lumière. Deux jours après, M. de R*** revenait à Paris: c'était le 3 décembre. Il chercha le marquis sans pouvoir le rencontrer. Le 4, ce dernier ne rentra pas à son hôtel. On croit, depuis, qu'il a été une des victimes du boulevard Montmartre, là où était son club. C'est cette histoire que M. de R*** avait promis de raconter l'autre soir, chez la vieille dame polonaise, où on l'attendait jusqu'à minuit. Il vint comme on allait se séparer... et montra les cheveux de la marquise. J'en ai un là, sur la table où j'écris ceci... / Il est certain que si, depuis un mois, le théâtre ne nous avait pas montré tant de vampires et d'apparitions à Harlem et ailleurs, le récit du comte de R*** ne terrifierait pas toute la société parisienne, et que moi-même, si je n'avais pas* saisi aux cheveux *cette occasion de fixer ici un reflet des singulières préoccupations du moment... / Passons à des choses plus irréfragablement positives, des morts incontestés.*

2. Il s'agit de l'affaire Monasterio. Fidelia de Monas-

terio avait été placée dans une maison de santé pour malades mentaux par son frère, sur la foi d'un certificat médical : c'était la procédure alors courante, et qui donnait lieu à maints abus. La logeuse de la jeune fille attaqua son frère. L'affaire alla en mars devant les tribunaux.

LA PORTE

Page 163.

1. Ce récit parut dans *Gil Blas* le 3 mai 1887. Il est caractéristique de la période « mondaine » de Maupassant, qui, en fait, dit les petitesses et les compromissions du monde, et sa préférence donnée au paraître sur l'être.

2. Karl Massouligny est présenté comme « le fils du peintre » dans le récit « Les rois », *Le Gaulois*, 23 janvier 1887, repris dans *Le Horla*, éd. Folio classique, p. 111-126. Aucun peintre connu ne porte ce nom.

3. « Les aveugles » : c'est le cas du mari dans « Décoré ! » (*Gil Blas*, 13 novembre 1883, repris dans *Les Sœurs Rondoli*, Bibliothèque de la Pléiade, *Contes*, t. I, p. 1065-1070).

Page 164.

1. « Les clairvoyants » : c'est le cas du mari dans « L'ami Patience » (*Gil Blas*, 4 septembre 1883, repris dans *Toine*, éd. Folio classique, p. 43-50).

2. « Les impuissants » : c'est le cas du mari dans « Un sage » (*Gil Blas*, 4 décembre 1883, repris dans *Les Sœurs Rondoli*, Bibliothèque de la Pléiade, t. II, p. 1087-1093).

Page 165.

1. « Soupireurs » : « Celui qui est ou qui feint d'être amoureux », dit le *Nouveau Larousse illustré* de 1920, en donnant pour exemple « Ces soupireurs universels » (Mlle de Scudéry). Le mot est sorti de l'usage.

Page 170.

1. On pense évidemment à *L'Ève future* de Villiers de l'Isle-Adam, qui parut en 1886. Le chapitre IV du livre IV (éd. Folio classique, p. 201) présente sous son vrai jour Evelyn Habal, la danseuse pour laquelle Anderson a quitté femme et enfants. Ses charmes ne sont qu'artifices. Quand elle apparaît « échenillée de tous ses attraits », c'est « un petit être exsangue, vaguement féminin, aux membres rabougris, aux joues creuses, à la bouche édentée et presque sans lèvres, au crâne à peu près chauve, aux yeux ternes et en vrille, aux paupières flasques, à la personne ridée, toute maigre et sombre ».

LE PÈRE

Page 172.

1. Ce récit fut publié dans *Gil Blas* le 26 juillet 1887.

Page 173.

1. « Nous songions aux êtres... » : rêverie cosmique inspirée de Spencer et des ouvrages de Camille Flammarion sur l'astronomie. On en retiendra surtout une affirmation de la relativité du savoir et du pouvoir humains, qui est fréquente chez les écrivains d'alors.

Page 174.

1. « Saint-Germain » : chien de chasse de la race des braques.

MOIRON

Page 179.

1. Ce récit parut dans *Gil Blas* le 27 septembre 1887.

2. Pranzini avait été condamné à mort pour triple meurtre. Il fut exécuté le 3 septembre 1887. Le bruit courut que le sous-chef de la Sûreté avait fait prélever et tanner sa peau : ce scandale emplissait tous les journaux parisiens.

3. « Boislinot » : ce nom est imaginaire.

NOS LETTRES

Page 189.

1. Ce récit parut dans *Le Gaulois* le 29 février 1888. Il traite d'une façon nouvelle un motif récurrent chez Maupassant, celui des lettres trouvées après la mort du destinataire. Il apparaît dans *Une vie*, chap. IV, éd. Folio classique, p. 188, et dans « La veillée », récit non repris du vivant de Maupassant, Bibliothèque de la Pléiade, *Contes*, t. I, p. 445-449. Mais ce sont alors les enfants de la destinataire qui trouvent les lettres, et non, comme ici, un étranger.

Page 197.

1. « Toujours ce compagnon... » : « La colère de Samson » d'Alfred de Vigny, vers 99.

LA NUIT

Page 198.

1. Ce récit parut dans *Gil Blas* le 14 juin 1887.

Page 203.

1. « Le Crédit Lyonnais » : 19, boulevard des Italiens.

CLAIR DE LUNE

DOSSIER

DU MÊME AUTEUR

Dans la même collection

BEL-AMI. *Édition présentée et établie par Jean-Louis Bory.*

BOULE DE SUIF. *Édition présentée et établie par Louis Forestier.*

LA MAISON TELLIER. *Édition présentée et établie par Louis Forestier.*

UNE VIE. *Édition présentée par André Fermigier.*

MONT-ORIOL. *Édition présentée et établie par Marie-Claire Bancquart.*

MADEMOISELLE FIFI. *Édition présentée par Hubert Juin.*

MISS HARRIET. *Édition présentée par Dominique Fernandez.*

CONTES DE LA BÉCASSE. *Édition présentée par Hubert Juin.*

PIERRE ET JEAN. *Édition présentée et établie par Bernard Pingaud.*

FORT COMME LA MORT. *Édition présentée et établie par Gérard Delaisement.*

CONTES DU JOUR ET DE LA NUIT. *Édition présentée et établie par Pierre Reboul.*

LE HORLA. *Édition présentée par André Fermigier.*

LA PETITE ROQUE. *Édition présentée par André Fermigier.*

MONSIEUR PARENT. *Édition présentée par Claude Martin.*

LE ROSIER DE MADAME HUSSON. *Édition présentée et établie par Louis Forestier.*

TOINE. *Édition présentée et établie par Louis Forestier.*

SUR L'EAU. *Édition présentée par Jacques Dupont.*

NOTRE CŒUR. *Édition présentée et établie par Marie-Claire Bancquart.*

L'INUTILE BEAUTÉ. *Édition présentée et établie par Claire Brunet.*

YVETTE. *Édition présentée et établie par Louis Forestier.*

LA MAIN GAUCHE. *Édition présentée et établie par Marie-Claire Bancquart.*

COLLECTION FOLIO

Dernières parutions

3086.	Alain Veinstein	*L'accordeur.*
3087.	Jean Maillart	*Le Roman du comte d'Anjou.*
3088.	Jorge Amado	*Navigation de cabotage. Notes pour des mémoires que je n'écrirai jamais.*
3089.	Alphonse Boudard	*Madame... de Saint-Sulpice.*
3091.	William Faulkner	*Idylle au désert* et autres nouvelles.
3092.	Gilles Leroy	*Les maîtres du monde.*
3093.	Yukio Mishima	*Pèlerinage aux Trois Montagnes.*
3095.	Reiser	*La vie au grand air 3.*
3096.	Reiser	*Les oreilles rouges.*
3097.	Boris Schreiber	*Un silence d'environ une demi-heure I.*
3098.	Boris Schreiber	*Un silence d'environ une demi-heure II.*
3099.	Aragon	*La Semaine Sainte.*
3100.	Michel Mohrt	*La guerre civile.*
3101.	Anonyme	*Don Juan (scénario de Jacques Weber).*
3102.	Maupassant	*Clair de lune* et autres nouvelles.
3103.	Ferdinando Camon	*Jamais vu soleil ni lune.*
3104.	Laurence Cossé	*Le coin du voile.*
3105.	Michel del Castillo	*Le sortilège espagnol.*
3106.	Michel Déon	*La cour des grands.*
3107.	Régine Detambel	*La verrière.*
3108.	Christian Bobin	*La plus que vive.*
3109.	René Frégni	*Tendresse des loups.*
3110.	N. Scott Momaday	*L'enfant des temps oubliés.*
3111.	Henry de Montherlant	*Les garçons.*
3113.	Jerome Charyn	*Il était une fois un droshky.*
3114.	Patrick Drevet	*La micheline.*
3115.	Philippe Forest	*L'enfant éternel.*

3116.	Michel del Castillo	*La tunique d'infamie.*
3117.	Witold Gombrowicz	*Ferdydurke.*
3118.	Witold Gombrowicz	*Bakakaï.*
3119.	Lao She	*Quatre générations sous un même toit.*
3120.	Théodore Monod	*Le chercheur d'absolu.*
3121.	Daniel Pennac	*Monsieur Malaussène au théâtre.*
3122.	J.-B. Pontalis	*Un homme disparaît.*
3123.	Sempé	*Simple question d'équilibre.*
3124.	Isaac Bashevis Singer	*Le Spinoza de la rue du Marché.*
3125.	Chantal Thomas	*Casanova. Un voyage libertin.*
3126.	Gustave Flaubert	*Correspondance.*
3127.	Sainte-Beuve	*Portraits de femmes.*
3128.	Dostoïevski	*L'Adolescent.*
3129.	Martin Amis	*L'information.*
3130.	Ingmar Bergman	*Fanny et Alexandre.*
3131.	Pietro Citati	*La colombe poignardée.*
3132.	Joseph Conrad	*La flèche d'or.*
3133.	Philippe Sollers	*Vision à New York*
3134.	Daniel Pennac	*Des chrétiens et des Maures.*
3135.	Philippe Djian	*Criminels.*
3136.	Benoît Duteurtre	*Gaieté parisienne.*
3137.	Jean-Christophe Rufin	*L'Abyssin.*
3138.	Peter Handke	*Essai sur la fatigue. Essai sur le juke-box. Essai sur la journée réussie.*
3139.	Naguib Mahfouz	*Vienne la nuit.*
3140.	Milan Kundera	*Jacques et son maître, hommage à Denis Diderot en trois actes.*
3141.	Henry James	*Les ailes de la colombe.*
3142.	Dumas	*Le Comte de Monte-Cristo I.*
3143.	Dumas	*Le Comte de Monte-Cristo II.*
3144.		*Les Quatre Évangiles.*
3145.	Gogol	*Nouvelles de Pétersbourg.*
3146.	Roberto Benigni et Vicenzo Cerami	*La vie est belle.*
3147	Joseph Conrad	*Le Frère-de-la-Côte.*
3148.	Louis de Bernières	*La mandoline du capitaine Corelli.*
3149.	Guy Debord	*"Cette mauvaise réputation..."*

3150. Isadora Duncan	*Ma vie.*
3151. Hervé Jaouen	*L'adieu aux îles.*
3152. Paul Morand	*Flèche d'Orient.*
3153. Jean Rolin	*L'organisation.*
3154. Annie Ernaux	*La honte.*
3155. Annie Ernaux	*« Je ne suis pas sortie de ma nuit ».*
3156. Jean d'Ormesson	*Casimir mène la grande vie.*
3157. Antoine de Saint-Exupéry	*Carnets.*
3158. Bernhard Schlink	*Le liseur.*
3159. Serge Brussolo	*Les ombres du jardin.*
3161. Philippe Meyer	*Le progrès fait rage. Chroniques 1.*
3162. Philippe Meyer	*Le futur ne manque pas d'avenir. Chroniques 2.*
3163. Philippe Meyer	*Du futur faisons table rase. Chroniques 3.*
3164. Ana Novac	*Les beaux jours de ma jeunesse.*
3165. Philippe Soupault	*Profils perdus.*
3166. Philippe Delerm	*Autumn.*
3167. Hugo Pratt	*Cour des mystères.*
3168. Philippe Sollers	*Studio.*
3169. Simone de Beauvoir	*Lettres à Nelson Algren. Un amour transatlantique. 1947-1964.*
3170. Elisabeth Burgos	*Moi, Rigoberta Menchú.*
3171. Collectif	*Une enfance algérienne.*
3172. Peter Handke	*Mon année dans la baie de Personne.*
3173. Marie Nimier	*Celui qui court derrière l'oiseau.*
3175. Jacques Tournier	*La maison déserte.*
3176. Roland Dubillard	*Les nouveaux diablogues.*
3177. Roland Dubillard	*Les diablogues et autres inventions à deux voix.*
3178. Luc Lang	*Voyage sur la ligne d'horizon*
3179. Tonino Benacquista	*Saga.*
3180. Philippe Delerm	*La première gorgée de bière et autres plaisirs minuscules.*
3181. Patrick Modiano	*Dora Bruder.*
3182. Ray Bradbury	*... mais à part ça tout va très bien.*

3184. Patrick Chamoiseau — *L'esclave vieil homme et le molosse.*
3185. Carlos Fuentes — *Diane ou La chasseresse solitaire.*
3186. Régis Jauffret — *Histoire d'amour.*
3187. Pierre Mac Orlan — *Le carrefour des Trois Couteaux.*
3188. Maurice Rheims — *Une mémoire vagabonde.*
3189. Danièle Sallenave — *Viol.*
3190. Charles Dickens — *Les Grandes Espérances.*
3191. Alain Finkielkraut — *Le mécontemporain.*
3192. J.M.G. Le Clézio — *Poisson d'or.*
3193. Bernard Simonay — *La première pyramide, I : La jeunesse de Djoser.*
3194. Bernard Simonay — *La première pyramide, II : La cité sacrée d'Imhotep.*
3195. Pierre Autin-Grenier — *Toute une vie bien ratée.*
3196. Jean-Michel Barrault — *Magellan : la terre est ronde.*
3197. Romain Gary — *Tulipe.*
3198. Michèle Gazier — *Sorcières ordinaires.*
3199. Richard Millet — *L'amour des trois sœurs Piale.*
3200. Antoine de Saint-Exupéry — *Le petit prince.*
3201. Jules Verne — *En Magellanie.*
3202. Jules Verne — *Le secret de Wilhelm Storitz.*
3203. Jules Verne — *Le volcan d'or.*
3204. Anonyme — *Le charroi de Nîmes.*
3205. Didier Daeninckx — *Hors limites.*
3206. Alexandre Jardin — *Le Zubial.*
3207. Pascal Jardin — *Le Nain Jaune.*
3208. Patrick McGrath — *L'asile.*
3209. Blaise Cendrars — *Trop c'est trop.*
3210. Jean-Baptiste Evette — *Jordan Fantosme.*
3211. Joyce Carol Oates — *Au commencement était la vie.*
3212. Joyce Carol Oates — *Un amour noir.*
3213. Jean-Yves Tadié — *Marcel Proust I.*
3214. Jean-Yves Tadié — *Marcel Proust II.*
3215. Réjean Ducharme — *L'océantume.*
3216. Thomas Bernhard — *Extinction.*
3217. Balzac — *Eugénie Grandet.*
3218. Zola — *Au Bonheur des Dames.*
3219. Charles Baudelaire — *Les Fleurs du Mal.*
3220. Corneille — *Le Cid.*

3221. Anonyme	*Le Roman de Renart.*
3222. Anonyme	*Fabliaux.*
3223. Hugo	*Les Misérables I.*
3224. Hugo	*Les Misérables II.*
3225. Anonyme	*Tristan et Iseut.*
3226. Balzac	*Le Père Goriot.*
3227. Maupassant	*Bel-Ami.*
3228. Molière	*Le Tartuffe.*
3229. Molière	*Dom Juan.*
3230. Molière	*Les Femmes savantes.*
3231. Molière	*Les Fourberies de Scapin.*
3232. Molière	*Le Médecin malgré lui.*
3233. Molière	*Le Bourgeois gentilhomme*
3234. Molière	*L'Avare.*
3235. Homère	*Odyssée.*
3236. Racine	*Andromaque.*
3237. La Fontaine	*Fables choisies.*
3238. Perrault	*Contes.*
3239. Daudet	*Lettres de mon moulin.*
3240. Mérimée	*La Vénus d'Ille.*
3241. Maupassant	*Contes de la Bécasse.*
3242. Maupassant	*Le Horla.*
3243. Voltaire	*Candide ou l'Optimisme.*
3244. Voltaire	*Zadig ou la Destinée.*
3245. Flaubert	*Trois Contes.*
3246. Rostand	*Cyrano de Bergerac.*
3247. Maupassant	*La Main gauche.*
3248. Rimbaud	*Poésies.*
3249. Beaumarchais	*Le Mariage de Figaro.*
3250. Maupassant	*Pierre et Jean.*
3251. Maupassant	*Une vie.*
3252. Flaubert	*Bouvart et Pécuchet.*
3253. Jean-Philippe Arrou-Vignod	*L'Homme du cinquième jour.*
3254. Christian Bobin	*La femme à venir.*
3255. Michel Braudeau	*Pérou.*
3256. Joseph Conrad	*Un paria des îles.*
3257. Jerôme Garcin	*Pour Jean Prévost.*
3258. Naguib Mahfouz	*La quête.*
3259. Ian McEwan	*Sous les draps et autres nouvelles.*

3260. Philippe Meyer	*Paris la Grande.*
3261. Patrick Mosconi	*Le chant de la mort.*
3262. Dominique Noguez	*Amour noir.*
3263. Olivier Todd	*Albert Camus, une vie.*
3264. Marc Weitzmann	*Chaos.*
3265. Anonyme	*Aucassin et Nicolette.*
3266. Tchekhov	*La dame au petit chien et autres nouvelles.*
3267. Hector Bianciotti	*Le pas si lent de l'amour.*
3268 Pierre Assouline	*Le dernier des Camondo.*
3269. Raphaël Confiant	*Le meurtre du Samedi-Gloria.*
3270. Joseph Conrad	*La Folie Almayer.*
3271. Catherine Cusset	*Jouir.*
3272. Marie Darrieussecq	*Naissance des fantômes.*
3273. Romain Gary	*Europa.*
3274. Paula Jacques	*Les femmes avec leur amour.*
3275. Iris Murdoch	*Le chevalier vert.*
3276. Rachid O.	*L'enfant ébloui.*
3277. Daniel Pennac	*Messieurs les enfants.*
3278. John Edgar Wideman	*Suis-je le gardien de mon frère ?*
3279. François Weyergans	*Le pitre.*
3280. Pierre Loti	*Le Roman d'un enfant* suivi de *Prime jeunesse.*
3281. Ovide	*Lettres d'amour.*
3282. Anonyme	*La Farce de Maître Pathelin.*
3283. François-Marie Banier	*Sur un air de fête.*
3284. Jemia et J.M.G. Le Clézio	*Gens des nuages.*
3285. Julian Barnes	*Outre-Manche.*
3286. Saul Bellow	*Une affinité véritable.*
3287. Emmanuèle Bernheim	*Vendredi soir.*
3288. Daniel Boulanger	*Le retable Wasserfall.*
3289. Bernard Comment	*L'ombre de mémoire.*
3290. Didier Daeninckx	*Cannibale.*
3291. Orhan Pamuk	*Le château blanc.*
3292. Pascal Quignard	*Vie secrète.*
3293. Dominique Rolin	*La Rénovation.*
3294. Nathalie Sarraute.	*Ouvrez.*
3295. Daniel Zimmermann	*Le dixième cercle.*
3296. Zola	*Rome.*
3297. Maupassant	*Boule de suif.*
3298. Balzac	*Le Colonel Chabert.*

3299. José Maria Eça de Queiroz	*202, Champs-Élysées.*
3300. Molière	*Le Malade Imaginaire.*
3301. Sand	*La Mare au Diable.*
3302. Zola	*La Curée.*
3303. Zola	*L'Assommoir.*
3304. Zola	*Germinal.*
3305. Sempé	*Raoul Taburin.*
3306. Sempé	*Les Musiciens.*
3307. Maria Judite de Carvalho	*Tous ces gens, Mariana...*
3308. Christian Bobin	*Autoportrait au radiateur.*
3309. Philippe Delerm	*Il avait plu tout le dimanche.*
3312. Pierre Pelot	*Ce soir, les souris sont bleues.*
3313. Pierre Pelot	*Le nom perdu du soleil.*
3314. Angelo Rinaldi	*Dernières nouvelles de la nuit.*
3315. Arundhati Roy	*Le Dieu des Petits Riens.*
3316. Shan Sa	*Porte de la paix céleste.*
3317. Jorge Semprun	*Adieu, vive clarté...*
3318. Philippe Sollers	*Casanova l'admirable.*
3319. Victor Segalen	*René Leys.*
3320. Albert Camus	*Le premier homme.*
3321. Bernard Comment	*Florence, retours.*
3322. Michel Del Castillo	*De père français.*
3323. Michel Déon	*Madame Rose.*
3324. Philipe Djian	*Sainte-Bob.*
3325. Witold Gombrowicz	*Les envoûtés.*
3326. Serje Joncour	*Vu.*
3327. Milan Kundera	*L'identité.*
3328. Pierre Magnan	*L'aube insolite.*
3329. Jean-Noël Pancrazi	*Long séjour.*
3330. Jacques Prévert	*La cinquième saison.*
3331. Jules Romains	*Le vin blanc de la Villette.*
3332. Thucydide	*La Guerre du Péloponnèse.*
3333. Pierre Charras	*Juste avant la nuit.*
3334. François Debré	*Trente ans avec sursis.*
3335. Jérôme Garcin	*La chute de cheval.*
3336. Syvie Germain	*Tobie des marais.*
3337. Angela Huth	*L'invitation à la vie conjugale.*
3338. Angela Huth	*Les filles de Hallows Farm.*
3339. Luc Lang	*Mille six cents ventres.*
3340. J.M.G. Le Clézio	*La fête chantée.*

3341. Daniel Rondeau	*Alexandrie.*
3342. Daniel Rondeau	*Tanger.*
3343. Mario Vargas Llosa	*Les carnets de Don Rigoberto.*
3344. Philippe Labro	*Rendez-vous au Colorado.*
3345. Christine Angot	*Not to be.*
3346. Christine Angot	*Vu du ciel.*
3347. Pierre Assouline	*La cliente.*
3348. Michel Braudeau	*Naissance d'une passion.*
3349. Paule Constant	*Confidence pour confidence.*
3350. Didier Daeninckx	*Passages d'enfer.*
3351. Jean Giono	*Les récits de la demi-brigade.*
3352. Régis Debray	*Par amour de l'art.*
3353. Endô Shûsaku	*Le fleuve sacré.*
3354. René Frégni	*Où se perdent les hommes.*
3355. Alix de Saint-André	*Archives des anges.*
3356. Lao She	*Quatre générations sous un même toit II.*
3357. Bernard Tirtiaux	*Le puisatier des abîmes.*
3358. Anne Wiazemsky	*Une poignée de gens.*
3359. Marguerite de Navarre	*L'Heptaméron.*
3360. Annie Cohen	*Le marabout de Blida.*
3361. Abdelkader Djemaï	*31, rue de l'Aigle.*
3362. Abdelkader Djemaï	*Un été de cendres.*
3363. J.P. Donleavy	*La dame qui aimait les toilettes propres.*
3364. Lajos Zilahy	*Les Dukay.*
3365. Claudio Magris	*Microcosmes.*
3366. Andreï Makine	*Le crime d'Olga Arbélina.*
3367. Antoine de Saint-Exupéry	*Citadelle (édition abrégée).*
3368. Boris Schreiber	*Hors-les-murs.*
3369. Dominique Sigaud	*Blue Moon.*
3370. Bernard Simonay	*La lumière d'Horus (La première pyramide III).*
3371. Romain Gary	*Ode à l'homme qui fut la France.*
3372. Grimm	*Contes.*
3373. Hugo	*Le Dernier Jour d'un Condamné.*
3374. Kafka	*La Métamorphose.*
3375. Mérimée	*Carmen.*
3376. Molière	*Le Misanthrope.*
3377. Molière	*L'École des femmes.*
3378. Racine	*Britannicus.*

3379. Racine	*Phèdre.*
3380. Stendhal	*Le Rouge et le Noir.*
3381. Madame de Lafayette	*La Princesse de Clèves.*
3382. Stevenson	*Le Maître de Ballantrae.*
3383. Jacques Prévert	*Imaginaires.*
3384. Pierre Péju	*Naissances.*
3385. André Velter	*Zingaro suite équestre.*
3386. Hector Bianciotti	*Ce que la nuit raconte au jour.*
3387. Chrystine Brouillet	*Les neuf vies d'Edward.*
3388. Louis Calaferte	*Requiem des innocents.*
3389. Jonathan Coe	*La Maison du sommeil.*
3390. Camille Laurens	*Les travaux d'Hercule.*
3391. Naguib Mahfouz	*Akhénaton le renégat.*
3392. Cees Nooteboom	*L'histoire suivante.*
3393. Arto Paasilinna	*La cavale du géomètre.*
3394. Jean-Christophe Rufin	*Sauver Ispahan.*
3395. Marie de France	*Lais.*
3396. Chrétien de Troyes	*Yvain ou le Chevalier au Lion.*
3397. Jules Vallès	*L'Enfant.*
3398. Marivaux	*L'Île des Esclaves.*
3399. R.L. Stevenson	*L'Île au trésor.*
3400. Philippe Carles et Jean-Louis Comolli	*Free jazz, Black power.*
3401. Frédéric Beigbeder	*Nouvelles sous ecstasy.*
3402. Mehdi Charef	*La maison d'Alexina.*
3403. Laurence Cossé	*La femme du premier ministre.*
3404. Jeanne Cressanges	*Le luthier de Mirecourt.*
3405. Pierrette Fleutiaux	*L'expédition.*
3406. Gilles Leroy	*Machines à sous.*
3407. Pierre Magnan	*Un grison d'Arcadie.*
3408. Patrick Modiano	*Des inconnues.*
3409. Cees Nooteboom	*Le chant de l'être et du paraître.*
3410. Cees Nooteboom	*Mokusei !*
3411. Jean-Marie Rouart	*Bernis le cardinal des plaisirs.*
3412. Julie Wolkenstein	*Juliette ou la paresseuse.*
3413. Geoffrey Chaucer	*Les Contes de Canterbury.*
3414. Collectif	*La Querelle des Anciens et des Modernes.*
3415. Marie Nimier	*Sirène.*
3416. Corneille	*L'Illusion Comique.*

Composition Interligne.
Impression Société Nouvelle Firmin-Didot
à Mesnil-sur-l'Estrée, le 20 octobre 2000.
Dépôt légal : octobre 2000.
1er dépôt légal dans la collection : juin 1998.
Numéro d'imprimeur : 53169.
ISBN 2-07-040039-5/Imprimé en France.